「爱呀，一定要幸福」

我们已经长大，笑着笑着就哭了

张初◎主编

石油工业出版社

图书在版编目（CIP）数据

爱呀，一定要幸福：我们已经长大，笑着笑着就哭了/张初主编．北京：石油工业出版社，2014.2
ISBN 978-7-5021-9884-8

Ⅰ.爱…
Ⅱ.张…
Ⅲ.散文集一世界
Ⅳ.I16

中国版本图书馆CIP数据核字（2013）第273734号

爱呀，一定要幸福：我们已经长大，笑着笑着就哭了

出版发行：石油工业出版社
（北京安定门外安华里2区1号　100011）
网址：www.petropub.com.cn
编辑部：（010）64523558　发行部：（010）64523623
经　　销：全国新华书店
印　　刷：北京晨旭印刷厂

2014年2月第1版　2014年2月第1次印刷
880×1230毫米　开本：1/32　印张：5.375
字数：118千字

定价：26.80元
（如出现印装质量问题，我社发行部负责调换）

有爱的世界，才是幸福

一

再一次把这套书读完时，虽然已是深夜，心里却有一种暖暖的幸福。

从现实走进去，再从文字里出离，恍如隔世，很久没有这么入心地体味故事人情。平时活像一个木偶，被写成代码，放到程序里，每天晨钟暮鼓，按部就班，周遭事物只入眼不过心。

这是人浮于事。就像我们住在一个偌大的城市里，但这个城市并没有走进心里，可能是记住了某天早上的阳光，记住了万千灯火中的一盏。很少能静下心来读读这个世界，看看过去、现在每天的脚本里发生的大事小事，和这个世界好好谈谈，和自己聊聊天。

世界很热闹，我们需要安静，哪怕一天只有一小会儿，用这一小会儿的时间，来沉淀二十四小时里的嘈杂，听听自己想要什么。

常常想，如果有一天，岁月这把“杀猪刀”突然架在脖子上，告诉我们，明天就要离开这个世界，这一天我们最想干点什么?

这个答案或许就是一辈子的刚需，可以是理想，可以是想法，终究是我们想要的。可是真到那天和时光猛然遭遇，生死相逼，又有多少人能静心追问自己真想要什么?

当下流行把生活形容成“无处安放的梦想”“迷茫无助的青春”。在我们眼里，世界似乎无比野蛮，现实总是被侵蚀到很骨感。所以青春的故事多了点忧伤和混乱，理想很遥远，时不时“问候”世界，再“问候”自己。

二

理想这东西，是个可以让人今晚无比亢奋，第二天照样鸡血满满的神奇事物，冷暖自知，谁也无法教会谁找到理想。如同朝某个地方挖个坑，挖他个十年八年，坑深了，水就蓄满了。在这里，我们只想用文字来说事，用故事来温暖那些迷茫中行走的人。

好的故事可以安稳骚动的内心，让世界瞬间静下来。就像我们容易被父母蹒跚的背影感动，容易为有情人劳燕分飞扼腕叹息，也容易为好友的别离泪眼婆娑。这些是最真实的内心，不掺杂假感动或真无情。

人动情的时候，是安静的、清醒的，知道什么是想要的，哪些是需要舍弃的。就像往回倒带十年，我们记住的往往是这样一些人，他们和我们曾经在某一个故事里有过交集，扮演过那个谁也无法替代的角色。阅读往事，就像读他人故事，心生安静。

不妨在迷茫的时候，静静地阅读过去，品味感动的力量。

三

人很纠结，忙着翻旧账，折腾今天，又算计着未来。

我们不知道自己来自何处，去往哪里，但面对书里的故事时，似乎能听到心灵深处的召唤，开始与过去和未来进行一场时空对话，让人的心绪远离烦乱。就像大树的枝叶，纵然风雨来袭，也满是绿意，活得很有底气，那是生命该有的根深叶茂的姿态。

这些流传了百年的文字，岁月沉淀过，自有其芳华。内心杂乱纷争的时候，读一读，当心底泛起涟漪，人就不会麻木，书中的爱会温暖我们，以及周围的人。

其实，活着不光是狠狠爱自己，也要狠狠地爱所有值得我们付出的人和事。有爱的世界，是幸福的。心生安定，事事入心，如一汪浅浅的清泉，骤雨初歇的时候，照见世间万千。

我们

已经

长大

目 录

笑着笑着就哭了

我们

已经

长大

笑 着 笑 着 就 哭 了

遇见·朋友的笑颜

我们从很远很远的故乡出发，在一个陌生的角落，撞见阳光般的笑脸，从此一发不可收拾，就算时光老去，再见面，一切如初。

麦 香

【法国】**都德**

凯尼洛师傅的磨坊成了人们谈论的话题，每个人都对他那里感到好奇——从来没有人送麦子过去，为何他的生意还是不断呢？

我有个老朋友名叫佛朗赛，他特别会吹笛子，没事的时候就到我家来坐坐聊聊天。此刻，他就坐在我的面前，一边喝着酒一边发些人生感慨。他说："你想听故事吗？关于一个老人的凄凉故事。"听说有故事听，自然双手赞成，这是多么美好的事情啊。

先生，你知道吗，这里原来是很热闹的，完全不是你现在看到的样子。我听了感到有些吃惊，这个小镇还曾有过喧闹的时候？

那时候，这儿附近方圆几十里的人们都会将麦子送到这里磨成面粉。晚风中，驼铃声伴随着欢声笑语非常动人。磨坊边上风车吱呀呀地转动，磨坊主微笑着迎接远道而来的人们，女主人们更加动人，瞧她们那一身优雅的穿戴。风车声、鞭子声、动物欢快的嘶鸣声……这一切简直美妙极了。

无论是谁去了磨坊主那里，主妇们总是拿出她们自己精心酿造的葡萄酒招待大家，好一派其乐融融的景象。先生，你真是无法想象那时候磨坊给我们带来了怎样的财富与热闹。

可惜，好景不长，巴黎过来的商人说要在这里建立一个蒸汽动力面粉厂，磨坊主们的生意全被挤垮了，陆陆续续地关门大吉。从前美味的葡萄酒没了，主妇们佩戴的首饰变卖了，欢乐的舞蹈消失得无影无踪，每个人都为这巨大的转变感到不安，然而大家都无能为力。

只有凯尼洛师傅的磨坊还在坚持着，他每天还跟以前一样，照常磨他的面粉，只是将门关了起来，不让任何人去看。他自己的亲孙女威瓦特也不让看，他经常咒骂那些巴黎过来的商人，四处游说大家不要把麦子送到蒸汽面粉厂，他说风力磨坊用的可是上帝送来的气息啊。蒸汽器不是魔鬼吗?

没有人理会他。他的生活越来越糟，这可以从他那不修边幅的服装看得出来。他经常穿着破衣烂衫去做礼拜，原本教堂里因为他德高望重给他一个专座，可现在他坐在那里如坐针毡。我们这样一群跟他差不多大的老人看了很心酸，他大约看出我们的心思了，从此以后每次都坐在最后一排的角落里。

没用多久，他的孙女威瓦特居然被他赶了出来。她四处流浪，不得不给人打工。凯尼洛师傅的日子外表无论怎样糟糕，可他还是让磨坊运作如常，这一点颇让我们好奇。有人在山间小道上看见他用驴子运送面粉，于是问他："嘿，凯尼洛师傅，你还在给人磨面粉吗?""那是自然啊，"他回答得特别自豪。

"你的生意还好吗?"

"还可以，孩子们。"等到人们还想再多问点什么的时候，他就再也不愿意说了。他的磨坊谁也别想靠近半步，磨坊外的风车每天都在不停地转动着，那头衰老的驴子低着头吃青草，一直又干又瘦的老猫咪趴在阳台上晒太阳。

凯尼洛师傅的磨坊成了人们谈论的话题，每个人都对他那里感到好奇——从来没有人送麦子过去，为何他的生意还是不断呢？弄清楚这个事情真相的是因为他的孙女威瓦特。有一天，我意外发现威瓦特这只快乐的小鸟跟我的孙子恋爱了。我决定去找那个老家伙谈一谈孩子们的婚事，可是当我想靠近磨坊的时候，他愤怒地把我赶走了。回来以后，我非常沮丧，将事情原委告诉两个孩子，告诉她们凯尼洛压根不同意这门婚事。

孩子们决心自己去看看，可是等他们到了磨坊那里的时候，发现凯尼洛师傅根本不在。他们一时好奇心被激起，想进去看看，正巧梯子就在不远处，于是顺着梯子进了院子。他们被见到的真相给吓呆了，哪里有什么麦子？屋子里到处都是破破烂烂的，有的地方还结满了蛛丝网，墙角的几个口袋里装满了石灰粉。这就是凯尼洛师傅的秘密！原来他每天赶着驴子运送的不是面粉而是石灰粉！他为了维护磨坊的声誉付出得太多啦！

孩子们把故事告诉了我，我听不下去了，眼泪也不知流了多少。我挨家挨户地去劝说，让他们把麦子送到磨坊加工。凯尼洛师傅的故事让每个人都唏嘘不已。

当山间小道上又响起了驼铃声，凯尼洛师傅以为自己听错了。很快一袋又一袋的麦子送到了磨坊，他激动得直掉泪，红着眼圈说："嘿，请稍等，马上就好。这可真是上好的麦子呀！"

后来附近的人们也将麦子送过来加工。寂寞的山间小路又恢复了往日的喧闹。从那一天开始，凯尼洛师傅的磨坊再也没有断过麦子，他总是说这些上帝送来的礼物特别珍贵。

过了几年，凯尼洛师傅去世了，他终于不用再磨面粉啦。人们重新将麦子送到了蒸汽面粉厂。旧的事物总是会消亡的，磨坊如此，拖船如此，还有从前的大礼服，统统不见了。

微点评

在风里大声吟唱的不是高傲的倔强，而是对遗忘美好岁月的追忆，难舍曾经的欢乐，人们也愿意维护这份记忆，一起撒一个动人的圆满谎言。

最后的叶子

【美国】**欧·亨利**

你知道为什么窗外的叶子在狂风里也不会掉落了吧？没错，那就是贝尔曼画上去的。在最后一片落地的那个晚上，他完成了这幅杰作。

苏和约翰茜，一个是缅因州人，一个是加利福尼亚人。缘分让两人在第八大街的咖啡馆碰面。聊天之后，两人发现彼此的兴趣如此相似，对于艺术的看法又是如出一辙。于是他们成了好朋友，一起住在一座三层砖房的顶层，在这里进行着她们的艺术创作。

六个月后，也就是十一月，肺炎像一个残忍无情的死神，用手中的镰刀在两人所住的街区划下一道深深的口子。许多人都染上了这种病，约翰茜是其中一个。躺在床上的她万念俱灰，眼睛一动不动地盯着窗外邻居的墙壁。

有一天，医生检查完约翰茜的身体后，将苏叫到了走廊外，对她说：“她活下来的希望只有十分之三，这还要视她对生存的信念。”医生顿了一下，继续说道：“看你朋友灰心的样子，活下来的机会很少。她这辈子有什么愿望?”

“她盼望着能将那不勒斯的海湾画下来。”

“这是开玩笑吧。我是说其他一些实际点的事物，比如喜欢的男生?”

“据我所知，还没有一个男生值得她牵挂呢，医生。”我对医生说。

医生摇了摇头，说：“无论如何，我都会尽量去帮助她。但是，如果她着急着见到她的葬礼，那我也爱莫能助。”医生说完就走开了。苏听了这话，非常心痛。她跑到工作室大哭一场，然后擦干眼泪，哼着轻松的歌谣，带上一个画板来到了约翰茜的房间。

约翰茜房里一片死寂。她躺在床上毫无动静，脸转向窗子，盯着外面的什么东西，唯一有动作的是她的嘴巴。苏走近一听。

“12……11……10……9……8……7……”原来约翰茜在倒数着。苏感到奇怪，顺着约翰茜的眼神望过去。一个冷清的院子呈现在窗外，院子旁立着一堵砖墙，上面什么都没有，只有缠绕着一棵非常老的常春藤。常春藤的树叶在秋风的吹拂下，一片一片地飘落，如今已所剩无几。

苏听到约翰茜轻微地自言自语：“6。下落的速度越来越快了，三天前还有一百多片。当时我在数的时候还有些烦躁，如今已经习惯了。又落下一片，剩下最后的五片了。”

“亲爱的，什么东西剩下最后五片啦?”苏故作轻松地问道。

“常春藤的叶子。早在三天前我就知道了，等最后一片叶子落地，也就是我离开的时候了。苏，医生没跟你说吗?”

“真是好笑。不要傻了，约翰茜，我可不认为这些叶子能妨碍到你的健康呢。我刚从医生那里得知，你的病情渐渐好转，不出几天就可以恢复啦！来，喝了汤吧。我呢，过会儿给你这个可怜人儿带点葡萄酒来。”

苏假装没事发生，依旧瞒不过约翰茜。她的眼神还在常春藤的树叶上。

“不用买了，苏。我不想喝。你看，又掉落一片，只剩下四片了。天黑的时候，也就是最后一片叶子落地的时候了。到了那时候，苏，你让我走吧。我想轻轻松松地离开，像那些叶子一样，累了就落土归根。”苏不愿意看到约翰茜这么悲观，她对约翰茜说她要去找贝尔曼来当老矿工模特了，说完就离开了。

贝尔曼已经六十多岁，蓄了很久的长胡须变成了银白色。他就住在苏所住楼房的低层，平时都是艺术家打扮，也挺有艺术家的气质，但没有取得任何艺术成绩。他四十年的梦想就是完成一幅大作，即使醉醺醺的时候也不会忘记这个梦想。然而他从未付诸实际。结果，为了生计，他只好去给那些没钱雇专业模特的年轻画家当模特。

此外，他性格火暴，认为懦弱是最可耻的。另外，他还非常关注和保护苏和约翰茜这两个小艺术家。

苏来到贝尔曼昏暗的画室，一股强烈的杜松子酒味扑鼻而来。画室的角落里摆放着一个画架，上面躺着一张空白的画布，这张画布等了将近二十五年。苏将约翰茜的情况对贝尔曼说了。她非常担心约翰茜的状态，对世界毫无留恋，也许到时候真的会随着最后一片落叶离去。苏说得泪如雨下，贝尔曼的眼眶也含着泪水。他叫喊着，跺着脚。哭泣，这是他生平最鄙视的行为啊！

他暴躁地跳动着，大声叫喊道："真可笑！真可笑！叶子落光人就死掉？世界上还有那么傻的人会去相信这玩笑吗？苏，你怎么忍受得了她会有这种念头呢！不。约翰茜是一个好人，她不应该死！我终有一天会完成我的杰作，到时候，我们再一起离开。"

苏和贝尔曼一起来到约翰茜房里。她睡着了。苏静静拉下窗帘，和贝尔曼一起来到另一间房子。他们在房子里，望着窗外的常春藤。紧张的情绪弥漫在整个屋子里，两人对望着，都不知道能说什么。外面雨雪交加，使整间房子显得更加压抑。贝尔曼穿上他那件老旧蓝衬衫，扮起了矿工。

隔天，没怎么睡的苏一大早就去看望约翰茜。约翰茜死死地盯住放下的绿色窗帘，看到苏走了进来，她无力地说道："苏，我想看一看外面，帮我把窗帘拉开吧。"苏很无奈，只好走过去，将窗帘拉开。可是，窗外的常春藤上竟然还有一片叶子！天啊，昨晚可是下了一晚的大雨啊！这片叶子非常绿，连叶柄看起来都新鲜翠绿，只是边缘微微泛黄。它就这样显眼地贴在墙上。

"我听到一整夜的风声，以为它昨天就会落地了。"约翰茜没有任何高兴的神情，她依旧灰心地说："即使如此，它今天依然会掉落的。”

可是，这片叶子紧紧连着常春藤，孤单地靠在墙上一整天。风又在夜里狂啸起来。等天亮时，当苏按照约翰茜的要求，将窗帘拉起的时候，那片叶子依然醒目。

约翰茜安静地看着窗外的叶子，思考着什么。过了一会儿，她叫来了炖着鸡汤的苏，对她说：“苏，我一定很坏。这片叶子一动不动地靠在墙上，似乎在责备我。或许一味寻死是不对的。苏，给我煮一碗汤吧，顺便来一杯混合着波尔多葡萄酒的牛奶。”

苏听见约翰茜这么说，非常高兴，准备回头去端汤。约翰茜又将她叫住了：“苏，先拿一面小镜子给我，顺便拿几个枕头给我靠，我想坐起来。”苏高兴地照做了。一段时间后，约翰茜又说：“苏，但愿有一天我能将那不勒斯海湾画下来。”

下午，医生来看了约翰茜。看完后，苏跟着医生走了出去。医生兴奋地握起苏的手，对她说：“情况很好！好好照顾，她还有二分之一的希望呢！”苏疲惫的脸上浮现出欣慰的笑容。医生接着说：“我得赶快到楼下去，那儿有一位更严重的病人。是个老人，同样患了肺炎。基本没希望了。今天我会将他移到医院，那儿的环境对他更有帮助。”

第二天，医生又来看了约翰茜。看后，他脸色轻松，仿佛卸了一个重担，对苏说：“恭喜，你精心的照顾将她脱离了死亡！接下来只要吃好一点，补一下身子就可以了。”苏听完后，紧绷了几天的神经瞬间放松开来。她来到约翰茜的床边，紧紧地拥抱着她，眼泪忍不住流淌下来。

约翰茜感到苏全身颤抖，问她怎么了。苏说：“亲爱的，我要告诉你一件事。贝尔曼先生今天死在医院了，因为肺炎。他发病只有两天。第一天人们发现他在房间里奄奄一息的时候，看到他全身衣服和鞋子湿淋淋的。大家都觉得奇怪，昨晚狂风暴雨，他能上哪儿去呢？后来，他们看到一个灯笼，一个移动过的梯子，还有散落一地的画笔……”

苏强忍住眼泪，抽泣着说：“还有一块调色板，上面混合着绿色和黄色颜料。亲爱的，你知道为什么窗外的叶子在狂风里也不会掉落了吧？没错，那就是贝尔曼画上去的。在最后一片落地的那个晚上，他完成了这幅杰作。”

微点评

在最美好的年华里，在最艰难的时刻，遇见了一个愿意陪我走下去的你。谢谢你一直陪伴在身边，不离不弃。可进可出，若即若离，可爱可怨，可聚而不会散。如果说遇见是一幅画，那么最美的画作不在墙上，而是绽放在萧瑟雨后的那一片叶子，名曰友情。

兄弟的报答

【印度】**泰戈尔**

眼下最重要的是维持这个家，香什面对这一突发事情，他不知如何是好，他准备典当妻子的首饰。瑞塔没有让他那么做，而是把自己妻子的首饰典当了，凑够维持家庭所需要的钱。

虽然瑞塔和香什只是同乡，但他们之间的感情胜似亲兄弟。瑞塔与妻子玛丽一直住在香什家，日常起居及生活都由香什负责。香什的妻子伊娃很生气，凭什么我们要养着他们，所以她经常对玛丽冷嘲热讽。晚饭过后，伊娃又开始发射心中的炮火，辱骂这对夫妻，瑞塔听了，什么反应都没有，而是该干什么还干什么，可不是人人都有这般忍耐力。玛丽听了很委屈，以泪洗面，回到房间向丈夫倾诉，丈夫对此根本不予理睬，只是让她停止哭泣，因为他现在想睡觉。

其实伊娃并不是蛮横不讲理的人，自从所谓的弟弟和弟媳妇搬进来以后，她就开始变了，看不惯丈夫对他们好，这种情况尤其体现在购物方面，香什从来不偏向自己的妻子，而是更多地照顾弟妹，不管什么东西都要买两件，如果某一样东西只能买到一件，他也会给弟媳妇，而不是自己的妻子。

还不止这些，他一般都听取瑞塔的意见，采纳他的建议，很少满足妻子的要求。香什是个粗心的人，所以家里的大小事务都交给瑞塔。伊娃总是怀疑他欺骗自己的丈夫，苦于找不到证据，可越找不到证据她就越气愤，更加憎恨瑞塔。这种长期积累的怒火，犹如小火山爆发一样，时不时会爆发一下。

第二天早上，瑞塔满脸不高兴地找香什，香什看他的状态不是很好，不安地问他："瑞塔，你是不是生病了，精神怎么这么不好?"瑞塔小声地对他说："哥哥，我不能再住在这里了。"随后，他把昨天晚上的事情讲述了一遍。香什听后笑着说："嗨！就这些啊，也不是什么大事，她就这样，一有机会总要唠叨两句，她还经常说我呢，是不是我也得离开呀?"瑞塔说："我并不是不能忍受这些，只是担心，我再住下去会让你家不安宁。"香什回答说："你说的这是什么话，难道你走了我就安宁了?"瑞塔没有再说什么，回到自己的房间，他感到胸口仿佛压着一块石头。

与此同时，伊娃的责骂更加变本加厉，她不放过任何一个机会，对玛丽进行辱骂。尽管瑞塔沉默不语，甚至一看玛丽的眼泪就假装睡觉，然而他已经意识到，他没法再忍下去了。

他跟香什的情感并不是一朝一夕。他们兄弟俩曾一块设计骗老师，经常一块逃课；两个人睡过同一张床；兄弟俩瞒着家里人，半夜跑到隔壁村去看剧团演出，等家里发现后，遭受同样的责罚。那个时候，伊娃和玛丽在哪里？难道会因为她们破坏这层关系吗？然而，瑞塔的心里常常在想，他们之间的友谊有没有隐藏着自私，这种想法一直存在瑞塔的脑子里，挥之不去。

就在这个时候，发生了一件重大的变故。香什唯一的地产因拖欠税金要被拍卖。瑞塔还是以柔和的语气说道："这是我的过错。"香什看了看他，说道："你有什么错？你已经派人把税金交上去了，只不过被强盗抢走，你又能怎么办？"眼下最重要的是维持这个家，香什面对这一突发事情，他不知如何是好，他准备典当妻子的首饰。瑞塔没有让他那么做，而是把自己妻子的首饰典当了，凑够维持家庭所需要的钱。

从此以后，家里发生巨大变化，伊娃再也不像以前那样对瑞塔冷嘲热讽，她知道在这困难的时刻，这个家都得依靠瑞塔。

而瑞塔呢，他早就掌握独自赚钱的本领，他找到一份律师的工作，在邻近的城里。那时候律师挣钱比较快，瑞塔思维敏捷，做事又认真谨慎，有很多大地主都找他办事。

玛丽的地位也跟从前不同，现在这个家都是瑞塔在养。她和伊娃的地位一下对换过来，有一天她不顾大嫂的意思，而按照自己的意愿办事，不过就这一天而已。第二天，她变得比以前更温顺。简直就像大嫂的女仆。听说那天晚上瑞塔很生气，说一星期都不要见到她，还要把她赶回娘家去。最后，在伊娃的恳求下，小夫妻才和好如初。这样一来，伊娃在家里的地位比以前更高，家里所有的开销都由她支配，香什把这一切都看在眼里。

尽管香什每天都面带笑容，但病魔在一点一点靠近他，谁都没有发现这个事情。当瑞塔看见香什的脸色没有从前红润之后，他开始担心起来。他经常安慰香什不必忧虑，一切都会好起来。他会帮他把祖传的房产赎回来的。瑞塔并没有说空话，没过多久，这件事情就办成了。

香什地产的买主是个商人，本来是想指着这份地产赚一笔，没想到，他一分钱没赚到，还要向政府交税金，瑞塔拉拢佃户们反对他。最后这个不幸的人牵扯到一些重大的案件中，遭到败诉，最后他没办法，只好把这块地卖给瑞塔。

几年以后，香什仿佛进入老年期，当他再见到这份地产时，他已不再笑容满面。村里人都为他重新收回地产高兴，他们要求设宴庆祝一下，村子里很久都没有这么热闹了，不管老人小孩，全都来了，他们为主人祝福。香什为了宴会忙碌了好几天，身体一下子就垮了，虚弱的身子再也坚持不住，终于病倒在床上。医生对此束手无策。

半夜，当所有人离开病房后，瑞塔对香什说："哥哥，万一你不在了，你的财产要交给谁呢?"香什回答道："兄弟，我还有什么财产吗?"瑞塔对他说："所有的财产都是你的。"香什听后，说道："从前它是属于我，但是现在已经不是我的了。"

瑞塔沉默不语，他为香什盖好被子后，在床边坐了下来，缓缓地对香什说道：“哥哥，我要向你坦白，不然就再也没有机会了。”香什没有任何反应，瑞塔继续说着，“哥哥，世界上只有你最了解我，从小我们就亲密无间，心心相印，你知道我们之间差别在哪里吗？就在于你富有，而我贫穷。当我看到我们之间的关系因为一些琐事拉开距离时，我不想破坏我们这么多年的感情，所以我指使人劫走了税金，还拍卖了你的房产。”

香什一点都不惊讶，他微笑着，吃力地说道：“你没有做错，兄弟，换作是我也会这样做。”他说完，一行热泪从他的眼角滑落。

瑞塔把头贴在他的胸前，请求他的原谅。香什拉着他的手对他说：“兄弟，我实话告诉你吧！这件事我从一开始就知道，是你的同伙告诉我的，我当时就已经原谅你了。”瑞塔羞愧地低下头，哭了起来。待他平静下来，才说道：“哥哥，既然你已经原谅我了，就请你接受这份财产吧！”香什没有说出话来，只是用手比划什么，具体什么意思，也许只有瑞塔明白。

微点评

即使是最坚固如磐石的兄弟之情，也会不经意间出现裂痕，正是一颗包容豁达的心，才使得这份情谊永不过期。

英雄的召唤

【美国】**马克·吐温**

老师严厉地挥打着鞭子，而汤姆却脸上笑着，心里美滋滋的。

汤姆·索亚在上学的路上遇见了裴茜，由于他们几天前曾闹得不愉快，一直在冷战着。清晨阳光明媚，加上临走时姨妈给了汤姆一个热情温暖的拥抱，他心情愉快，于是想主动与裴茜和好。

“裴茜，我们和好吧，以前是我做得不对，我保证以后一定改！咱们重新做好朋友吧。”他带着笑脸迎上去。

裴茜本来也打算和他和好，还准备告诉他，昨天阿尔法把墨汁偷偷倒在了汤姆的课本上，捣蛋的阿尔法下课悄悄做这一切的时候，裴茜都在教室门口看到了。那一页是今天要学的，被老师发现了一定会惩罚汤姆的，如果把这件事告诉汤姆，他一定会因为感激而冰释前嫌的。可是裴茜一看到汤姆的脸，就想到了那天他们闹得不可开交的矛盾，竟然鬼使神差地说了一句：

“得了吧，我可高攀不上您这样的朋友，咱们以后各走各的吧！”

汤姆的热情一下子被劈头盖脸地浇灭了，不明白女孩们为何这样无情，他对着裴茜已经远去的身影大骂了几句，“你要是个男孩，我早就揍你了！”

裴茜远远地听见，头也不回地走了，她心想，自己不会把阿尔法泼墨水的事告诉他了，就让他受老师鞭打去吧！他们两个这次是真的闹掰了。

裴茜气呼呼地走进了教室，却一眼就瞥见了讲台上的抽屉挂着一把钥匙。

一直以来，那个抽屉在全班同学眼里总是很神秘，大家都想知道里面到底装着什么样的一本书，能让老师如痴如醉。老师每次都小心翼翼地像宝贝一样把书捧在手里看，看完时又郑重其事地锁在抽屉里。孩子们都猜测那是一本关于海盗的书，有的还说是关于丛林冒险的书，总之一有空大家就七嘴八舌地讨论。

现在，裴茜看到抽屉没有锁，教室里一个人都没有，就打开了那个神秘的匣子，找出了那本书。翻开看到书封面上写着“无名氏教授解剖学”。其实，这位乡村老教师，毕生的梦想就是当一名医生，但是因为贫困只能教了大半辈子书，热爱医学的他，每当闲暇时就会拿起医书，认真地研究。裴茜看不懂里面复杂的单词，继续翻看着解剖插图。这时，汤姆突然从门外跳进来了，裴茜连忙想把书塞进抽屉，慌张之下竟然把封面撕掉了一半！

裴茜又急又气，她把书撕坏了，并且被汤姆看到了，自己大祸临头，开始哭了起来。

“你为什么站在我背后，还偷看我拿着的东西！你真是太卑劣了！”裴茜焦急地哭着，“这可怎么办！你这个卑鄙小人一定会告发我的。那就随你的便吧，告诉你，挨鞭子的不止是我一个人，你也马上要挨惩罚了！”她哭着跑出了教室。

汤姆感到莫名其妙，这次自己并没有上前招惹她呀，她为什么会哭呢，还说自己也会遭受惩罚，说了这么多，这到底是怎么一回事。

汤姆心想，就算我和裴茜有不可调和的天大的矛盾，也不会用告密这种下三滥的手段报复的，她实在是用不着担心我告发去，倒是她们女孩子，一遇到老师严厉的审问盘查，肯定就招架不住，胆小得全盘托出了，这顿揍是免不了的了，到时候看看受惩罚的到底是谁，走着瞧吧。在心里嘀咕了一阵，汤姆就跑到外面和同学玩了。

上课铃响了，老师走了进来。汤姆回到座位上，忽然发现了自己课本上的一大片墨水，这让他心神不宁，再也没有心思去看裴茜的笑话，心里像打鼓一样砰砰乱跳：被老师发现了自己可是要挨揍的，自己没有把书弄脏啊，难道是自己在课间打闹的时候不小心碰倒了墨水瓶？这不可能，就算是这样也不能承认，不能为不明不白的错事承担惩罚。

裴茜看到汤姆的神情，却暗暗高兴，等老师发现了墨迹，一定会鞭打他的，到时候汤姆一定会嘴硬不承认是自己弄脏的，老师怎么会相信他呢！

果然，老师就发现了汤姆书本上的墨迹，他把汤姆叫到讲台上，问是不是他故意弄脏今天要用到的课本的，汤姆坚持说不是自己干的，于是就受到了鞭打。裴茜看到他无辜的脸，还咬着牙受打，心里非常不忍，想站起来大声说出那是阿尔法泼的墨水，但转念一想，自己撕书的事汤姆可能会告密，就忍着站起来的冲动。

汤姆挨完打，若无其事地回到了位子上。这下轮到裴茜不安了，她怕汤姆会因气急败坏而告发自己，也担心老师随时会发现抽屉里撕毁的书。

汤姆望着裴茜，她看上去焦躁不安，过几秒钟就会抬头看看老师。汤姆也在观察着老师的一举一动，他正在教室里踱步，大家纷纷大声念着课文。不一会儿，老教师就走累了，他走到讲台上坐下了，裴茜的心忽然提到了嗓子眼。老师像往常一样打开抽屉，把手伸进去摸索着。汤姆看到这一幕也冒了一头冷汗，顿时忘记了自己和裴茜的矛盾，他猜想裴茜一定紧张无比，因为他能看到裴茜紧锁的眉头、慌张的眼神，她握着课本的双手，指关节都紧攥到发白了。

这时老师已经从抽屉里抽出了那本书，汤姆想到绝望的裴茜，想在老师没发现书之前冲上去，抢了书就立刻奔出教室，大不了挨一顿揍，自己是个男孩，挨打是家常便饭，对，就这么干！可是还没来得及起身，老教师就发现了残破的书，他慢慢抬起头，从眼镜上方盯着琅琅读书的学生们。孩子们用余光感受到了老师的眼神，知道一场暴风雨就要来临了，不知道是哪个倒霉鬼要遭殃了，纷纷低下了头，读书声也渐渐停了下来，教室里变得鸦雀无声，气氛非常紧张。

老师因生气脸变得通红，“这是谁干的?”他举起被撕坏的书询问，没有人出声。

“是你吗，捣蛋鬼阿尔法?”

阿尔法摇了摇头。

“那是你，本杰明?”

被叫的同学再次否认。

不一会教室里的男生这几排都挨个儿问完了，老师沉默了一会儿，踱着步子走到女孩当中。

“艾米，是你撕的书吗?”艾米摇了摇头。

几个女孩都否认了，眼看就要问到裴茜了。汤姆心里焦急，仿佛能听见裴茜的心跳，他知道裴茜脸皮薄，一定不会撒谎的，先生也一定会鞭笞她的。

“是你干的吗，裴茜?”

裴茜咬着嘴唇，脸色开始发白，慢慢地站了起来。

“是我！”汤姆忽然站了起来，“是我撕的。”

同学们都投来了不解的目光，明明刚才已经在男孩的询问过程中否认的，为什么现在又出来承认呢？在众多疑惑的眼神里，汤姆看到了裴茜的眼睛，她开始时流露出了震惊，后来充满感激，就要哭出来了。汤姆觉得自己顿时成为了一名英雄，看到裴茜的神情，他觉得自己所做的一切都是值得的，然后像战士英勇就义般接受了老师的鞭打。老师严厉地挥打着鞭子，而汤姆却脸上笑着，心里美滋滋的。

放学后，裴茜在教室外面等他：“对不起汤姆，以前都是我的错。你今天真是太英勇了！”他们两个就这样和好了，裴茜也告诉了他阿尔法在他书上泼墨水的事，汤姆说自己一定会让他付出代价的。

当晚，汤姆睡得很开心，梦见自己成为了一名骑士，威风凛凛。

微点评

每一个男孩心里都驻扎着一个威猛的骑士，有一天要为心中的女神挺身而出。

威林派克的狼

【加拿大】**西顿**

那狼一见到吉姆就活蹦乱跳，很快，它发现吉姆并不像往日那样精神，也没有逗着它玩，似乎明白事情不太对头，静静地依偎在吉姆身边，寸步不离。

威林派克镇有一只威风凛凛的狼，声名远播，大家都叫他威林派克狼，它不愿回到森林中，总是在镇上穿行，人们偶尔能看见它在街上一闪而过的身影。尽管如此熟悉威林派克镇的每一条街道，但是它从不伤害孩子们，只是对狗非常不客气，一见到狗就冲上去追打。有人曾在街上下毒，想弄死这头狼，但是这样的小伎俩根本瞒不过狼的眼睛，它对那些毒饵看也不看。

这头狼小时候曾被保罗抓过，乐手保罗总是游手好闲、无所事事，他唯一热爱的就是打猎，有一年六月他带着枪和猎狗又出发了。

那一次很幸运，一走近山洞就看见一头灰狼，他开枪将狼打死，又进入山洞看是否有所遗漏，谁料里面竟然真的有狼，是八只刚出生没多久的小狼。保罗遵守当地的习俗，留下一只，这只幸存下来的小狼就是后来威震四方的威林派克狼。保罗将剩下的七只小狼全部杀死，之后他带着小狼和狼头回到了镇上，这些狼头可值不少钱呢。

回去之后，他在酒馆里喝得酩酊大醉，花完了所有的钱都还不够付酒钱，酒馆老板就去抓了小狼来抵债。一开始，老板只拿小狼当个玩意，让客人们逗着玩消遣一下，后来为了追求刺激，发展到让狗和狼打架。小狼刚出生没多久，总是吃亏，慢慢长大，越来越厉害，已经没有狗敢主动挑战它，事实上，这整个镇上的狗都已经不是它的对手了。

所有的人都把这头小狼当做一个好玩的东西，只有酒馆老板的儿子吉姆真正地爱护它，它曾赶跑那些对他紧追不舍的野狗，这让小吉姆感激不已，对它关怀备至，总是亲自拿食物喂它，跟它一起疯闹。事实上，这小狼也只有面对吉姆时，才这么友好，几乎是任他摆布。

酒馆老板脾气不是很好，偶尔有什么不顺心的事，就打吉姆出气。有一天，他又开始发飙了，吉姆一路飞奔，眼看就要被他爸追上了，他一个溜身蹿进了关小狼的屋子，小狼被这动静惊醒，听着他爸爸在外面大声嘶吼，很快就明白了事情的原委，转身扑向门口，张着大嘴，露出尖利的牙齿，向他爸爸示威，不让他伤害吉姆。而吉姆的爸爸看眼前的情景是没法抓住吉姆了，只好作罢。此后，只要吉姆的爸爸再拿他出气，他就跑进小狼的屋子，他爸爸总是无可奈何。

而此时，镇上的人正为威林派克附近猖獗的狼群而苦恼，这些狼总是袭击家畜，让牧场遭受了不小的损失。一个有名的德国人带了两只高大威猛的猎狗过来，建议用猎狗彻底地消灭掉这群野狼。他将自己带来的两只狗吹得神乎其神，说它们只要闻见狼的气味就能快速将它找出来，要是狼逃跑的话，两只狗就能分工明确地一只咬狼头、一只咬狼尾巴，将狼解决掉。

人们很赞成他的提议，大家就带着那两只狗去了森林，找了三天却没有见到狼的身影。有人想起酒馆老板家里有只小狼，就准备花钱把那只狼买来与这两只狗比试一下。酒馆老板开始表现得很不情愿，等买狼的人提高了价钱之后，他就瞒着吉姆痛快地将狼卖了。

大家将狼锁进去带到很远的地方才放开笼子，让它跟狗一较高低。那两只狗又高又壮，在原野里奔驰起来像风一样快，越发显得小狼身单力薄。所有人都觉得小狼这次死定了，甚至还开始赌小狼会被哪只狗撕裂身体，是那只纯白的还是那只黄底黑纹的。

两只猎狗将小狼围在中间，它们迅速扭打在了一起，又很快分开，那只白狗像是受了伤，肩部有深深的伤口，现在正倒在地上滚来滚去。眼看自己的伙伴受到重创，黄狗一跃而起，扑向小狼，然而仿佛就是一瞬间，黄狗猛地退回来，站在地上，血不断地从它的肚子里流出来。这一场打斗看上去已经分出胜负，人们震惊不已。这时，酒馆老板松开皮带，放出他带来的几条猎狗，人们也纵马上前，准备解决掉这头凶猛的狼。

在这紧要关头，一个少年的叫声从远处传来，吉姆正骑马朝这里飞奔，他冲上来护住小狼，高声地叫骂着这些邪恶的人们，领着小狼走了，走之前恶狠狠地呵斥那个德国人，警告他要有下次就让狼崽子去咬他。

可是这样爱护小狼的吉姆却没有得到上天的庇佑，他在冬天刚开始的时候染上了伤寒，一直在屋子里养病，连最心爱的小狼也见不到了。而那狼没了小主人的陪伴更显孤独，它在院子里伤心地叫喊着。酒馆老板禁不住吉姆的哀求，将狼带进病房，那狼一见到吉姆就活蹦乱跳，很快，它发现吉姆并不像往日那样精神，也没有逗着它玩，似乎明白事情不太对头，静静地依偎在吉姆身边，寸步不离。

然而情况并没有好起来，吉姆的病一点点严重下去，在圣诞节的前三天竟然不治而死了。吉姆的葬礼很快就举行了，小狼一直远远地跟着送殡队伍，神情落寞。人们将吉姆的遗体送到墓地后，教会的钟声适时地响起，小狼听到这声音伤心不已，在墓地上大声地嚎叫。吉姆的爸爸回到酒馆，准备用铁链把小狼拴上，可是失去了主人的小狼不愿再受束缚，它一跃而起，跳过栅栏，从此没在酒馆出现过。

人们以为这狼消失了，然而第二年圣诞节前夕，当教会的钟声再次当当响起的时候，有悲切的狼嗥声从遥远的森林地带传来，显得伤心欲绝。慢慢地，开始有流言传出，说镇上出现了一只大灰狼，那狼巨大无比，猎狗根本不是它的对手。

就是在那年冬天，我有幸见到了这只传说中的狼。遇见它的时候，我们正坐在火车上，已经经历了两个星期的长途跋涉，火车在雪地里根本走不动，我们一路上都在用铁锹铲雪，为火车开道。进入威林派克镇后，情况好了很多，积雪不像之前那么厚，火车在薄薄的雪层上飞奔起来。

然而，路过草原看见的一幕简直让人心惊胆战，一群猎狗围成一个圈，大概有三四十条，中间昂首挺胸站着一头威猛的狼。看样子这狼是凶多吉少了，我们都为它捏把汗。但是，战斗一开始，那狼就明显占了上风，它东躲西闪，几头一拥而上的猎狗都被它咬伤了，剩下的猎狗们仿佛有点害怕了，一哄而散。狼仍旧像之前那样高傲地站着。我想仔细看看那狼，但是火车疾驰而过，狼的身影越来越小，最后已经看不见了。在火车上，有人告诉我，它就是威林派克狼。我对它很敬仰，总想着有朝一日能近距离地观察它，可是没有这样的机会了，因为一年后那狼就被镇上的人枪杀了。

镇上的人对它无法容忍是因为它咬死了保罗，这让他们觉得生命岌岌可危，必须除掉这个隐患，却没有人记得是保罗杀害了威林派克狼全部的家人。

那天早上，保罗将货物装好，喝了一点酒，暖暖身子就出发了，当晚回到运输公司的却只有拉雪橇的狗，它们伤痕累累，被鞭打的痕迹布满了全身，却没有保罗的踪影。人们按狗的脚印追过去，在河流旁边发现了保罗所穿衣服的碎片，而沿河的堤岸上洒满了货物。狼应该就是在这里发现保罗的，而保罗看见狼追过来，拼命地用鞭子抽打着猎狗，却还是没能逃脱，被狼追上咬死了。

可是没有人去管威林派克狼咬人的原因，大家带上了镇里所有的猎狗，要将它置之死地。他们在镇上西边的森林里发现了狼的脚印，迅速带着大队伍赶去了。狼不害怕狗，但是人们手里有枪，它知道那是能杀掉它的东西。人们拿着枪一发接一发地射出子弹，狼一边躲闪一边找掩护，快速地穿过铁丝网，人们只好停下追捕，放狗去追。四五十条狗奔上前去，狼一路往畜场奔去，那里有很多养殖的动物，人们应该不会开枪。

威林派克狼在接近镇上的地方停住了，猎狗们紧跟着放慢脚步，气氛剑拔弩张，战斗一触即发。狼在那里等待着，露出锋利的牙齿，前排的一批猎狗首先冲上去，跟它厮打起来。场面混乱，第一批很快败下阵来，剩下的猎狗蜂拥而上，仍然被狼击退。狗群骚动起来，它们都有点畏惧眼前这头不管不顾的狼，而狼一如既往地淡定，甚至往前踱了踱步。这恰好给了观战的猎人们机会，他们举起猎枪，一通扫射，大名鼎鼎的威林派克狼倒在了地上，再也没有起来。

这头狼就这样被结束了生命，没有人知道它为什么不去森林，而要留在镇上，镇上到处都是想要伤害它的人和狗，这样的危险也没有吓跑它。是为了复仇吗？可是野生动物不会拿生命当赌注，对它们来说，没有什么比活下去更重要，然而，即便求生的环境如此艰难，它还是在这个镇上待了三年多，直到死去。

如果一定要问狼留在这里的原因，我想是因为吉姆曾经在这里生活，它的主人已经逝去，它不愿再离开主人生活过的地方，何况这里还有吉姆的墓地，就在镇边缘一个小小的平地上，曾有人无数次见过一头大灰狼在墓地周围转悠。

微点评

在曾经一起走过的山冈上写满了思念，在两颗心之间有无形的线紧紧相连，在分离的地方流连祭奠，这种友谊，跨越物种，这份深情，历久弥新。

我们

已经

长大

笑 着 笑 着 就 哭 了

悄悄·别离的笙箫

烟柳画桥、少不了别离的节奏，那需要昨日杯酒相送。今朝呜咽的笙箫，暂时告别以往的日子，祝福兄弟们一路走好。

钓鱼的天堂，最后的时光

【法国】**莫泊桑**

有时候，他们会聊上一两句。有时候也会静默无语。当然，既然有共同的兴趣爱好，即使相对无语，也不会觉得尴尬。

他们总会挨近地坐着，把双脚放在水面上，手中紧紧握着钓竿，就这样花上一整天的时间。有时候，他们会聊上一两句。有时候也会静默无语。当然，既然有共同的兴趣爱好，即使相对无语，也不会觉得尴尬。

普鲁士兵包围了巴黎，巴黎遍地饥荒，找不到任何食物。人们只好看到什么吃什么。可是即使是鸟雀，或者老鼠，都毫无影踪。

莫里和桑沃用口令穿过了小村，这是法军前哨，前方是普鲁士军队驻扎的地方。他们走过一片葡萄园，旁边塞纳河静静地流过。小镇死寂般地坐落在对面。四周山峰盘亘，像俯视一切的巨人。还有一片直达县城的平原，上方空空荡荡，只有一些干枯的樱桃树和泛黄的荒田。

桑沃手指着对面的山顶，对莫里说：“那里就是普鲁士军队的驻扎地了。”一阵冷风吹过，两人毛骨悚然，迟疑地停住了脚步。

他们两人都没见过普鲁士人，但对方的凶残使自己的国家惨遭极大的恐慌。他们就像从地狱来的恶魔军队，拥有破坏一切的力量。所以，两人对他们既畏惧又憎恨。他们犹豫不前，不敢随意向前走去。桑沃说：“走吧。小心点就是了。”

于是，他们沿着下坡走去，来到一个葡萄园里，利用矮树作为掩护，弯腰前行，并时刻警惕着四周的动静。他们看到河岸了，前方的道路虽短，却空旷一片，没有掩护。他们迅速跑过去，来到岸边，急忙躲进干枯的芦苇里。

莫里将脸贴在地上，听着附近的动静。悄无声息。看来他们两人很安全。于是他们稍稍放心，开始钓起鱼来。河对面的小洲无人居住，荒凉寂静，却很好地挡住了他们。之前洲上有一家小旅馆，现在已经荒废很久了。

桑沃和莫里钓着鱼。很快他们钓到了鱼，时不时就可以看到钓钩上闪耀着小鱼的鳞光。这次钓鱼太顺利了！他们将钓到的鱼放到在脚底水中沉浸着的细网里。他们高兴极了，就像找回了丢失很久的心爱的物件一样。他们专心地钓鱼，周围的一切仿佛荡然无存。温暖的阳光投射在他们的背上，像天使头顶上的光环一样。

忽然，一阵巨响，就像地底爆炸开一样，整个地面为之一震。是大炮声，轰隆隆如雷声，在远方响起。

在左边瓦雷良山一侧，烟雾朦胧，像一只巨大的白鸟盘绕着。莫里看到了，他指给桑沃看。刚说完，炮台顶上又爆出了一道白烟，烟雾滚滚。随之，一阵巨大的爆炸声响彻天际。这之后，爆炸声无止境地轰炸着，周围的高山像随时会倒塌一样，笼罩在一片灰蒙蒙的死亡气息中。烟雾变作蒸汽，在天上聚集，形成了一大片浓厚的云雾。

“你看，他们又开始了。”桑沃无奈地耸耸肩。莫里的鱼钩正在向下沉着。这个平日性情温和的人，忽然愤怒起来，指着对岸的山顶大骂：“一群蠢蛋！为什么要彼此残害！”

“真是禽兽不如！”桑沃应和着。四周，大炮继续轰炸，瓦雷良山已经消失在一片厚厚的烟雾里。桑沃想到这里，一声痛喊：“这就是人生啊！”莫里苦笑着，说：“这是叫死亡吧。”

话刚说完，两人的心头马上浮起一丝凉意。他们后面有人在靠近！他们马上回转头来。四个穿着普鲁士军装的士兵站在身后，四把枪齐刷刷地对准着他们的脑袋！

两人吓了一跳，一慌张，将钓竿掉落河里了。很快，四个士兵将他们捆绑好，抬到一只小船里，渡过河去，来到对岸的沙洲。在那个荒废很久的旅馆后面，二十多个德国兵并排站着。

在这些士兵中间，一个身形庞大的、怪物一般的人坐在椅子上，口中叼着一只又长又大的瓷烟斗。他用很标准的法国话问两人："朋友们，钓鱼很高兴吧？"

一个士兵将装满鱼的网袋小心地抬高军官腿边。军官冷漠地望了一眼，笑笑，说："钓得蛮多的啊，很不错。不过还有一种更重要的事，你们听好了，可别吓得晕过去啊。"他继续说道："我知道你们两个是法军奸细，派来侦查我的。你们以钓鱼作为掩护，以为可以更好地进行任务。可惜啊，现在你们已经在我手上。在两军交战的时节，我可不会放过你们噢。"

军官停顿了一下，接着说："当然，你们既然可以穿过前哨，自然懂得如何回去。说吧。只要将口令如实交代，我会放了你们的。"

看着两位法国人在紧张地颤抖着，害怕得一句话也说不出来，军官软硬兼施："老实说吧。你们可以安全地离开。而且我保证，这件事随着你们离去而消失。没人会知道你们透露过口令。可是，你们要是不说，一定会毙命当场。好好选择吧。"

两人吓得毫无血色，仍然一句话也说不出来。

德国军官不再对他们说什么，而是用德国话向身后的士兵发布了命令。然后，为了避免和两位法国人距离太近，他将椅子稍微挪到后方。在二十步以外的十二个兵士，准备好随时拿起放在脚边的枪。

军官继续威胁道："只给你们一分钟的时间，一秒都不能多！"然后，他从椅子上站起来，走近两人。他先挽起莫里的胳膊，将他带走，悄悄地对他说："你将口令偷偷告诉我，我会帮你保密。你同事不会知道，然后我装出同情的样子，让你回去。”

但莫里一言不发。军官将莫里带回来，挽起桑沃的胳膊，做了同样的事。

桑沃也一言不发。军官愤怒地发出命令。士兵纷纷拿起了脚边的枪，莫里和桑沃紧紧地靠在一起。

在距离莫里几步远的草地上，摆放着装满鲈鱼的网袋，里头的鱼蹦跳着，鱼鳞在阳光闪耀着光芒。莫里看到这一幕，心里忍不住一阵酸苦。他止住眼眶里萦绕的泪珠，对桑沃说：“永别了。我的朋友。”“永别，莫里，我的朋友。”

两人的手紧紧地握在一起，身子在十二把枪的瞄准下颤抖着。

军官一声令下，十二把枪一起响起。

德国军官再次发号施令。士兵们四处散开，找来一些绳子和石头，将石头捆绑在两人的脚上，然后将他们抬到河边。两个尸身在德国士兵手里摇来晃去，很快便被扔进了河中，在石头的拉动下，沉没在深不见底的河里。

可怜的莫里和桑沃，他们并不是奸细，只是两个普通的法国人。莫里先生，工作是修理钟表，因为战局紧张才停止工作。在战争发动前，莫里总会在每周星期天的黎明，带上他的钓竿和白铁盒子，到小镇乘坐火车，在小村下，走到洲上。这个地方他做梦都会来，因为这是他钓鱼的天堂。他会在这里钓鱼，直到天黑。

每一次，他在这边钓鱼的时候，都会遇到一个非常胖又乐观开朗的矮脚虎。这就是桑沃先生，他是针线杂货店老板，对钓鱼同样热爱。久而久之，这两个人就结成了朋友。他们总会挨近地坐着，把双脚放在水面上，手中紧紧握着钓竿，就这样花上一整天的时间。有时候，他们会聊上一两句。有时候也会静默无语。当然，既然有共同的兴趣爱好，即使相对无语，也不会觉得尴尬。

战争爆发后，普鲁士军占领了小洲，两人就很少一同钓鱼了。这天，天气晴朗，莫里饿着肚子，双手插在军裤的口袋里，在环城大街上沉闷地闲逛着。对面走来一个同样郁郁寡欢的人，远远的，莫里就认出那是他的老朋友桑沃。莫里向桑沃走去。两人都停下了脚步，彼此握了握手。他们没想到两人会在马郎德洲之外的地方相遇，感慨不已。

桑沃摇摇头，叹了口气，说："世间真多变故。"莫里同样压抑，他也叹气道："是啊。不过今天的天气很好！今年第一次有那么好的天气！"

天气确实很好，万里晴空，风和日丽。两人并肩在走在路上，万千愁绪在脑海里翻滚着。莫里先开口了："现在想想钓鱼，还真有趣呢。"

"走，我带你钓鱼去！"

"哪里可以钓呢？"桑沃回答道："之前我们经常去的沙洲啊。小村附近是法国兵的前哨。我们要过去，轻而易举啊。"于是他们便上路了。

在下令枪毙了莫里和桑沃两人之后，军官若无其事地走回荒废的旅馆里。突然，他看到了那个网袋，里头还有许多活生生的鲈鱼在跳动着。军官食欲大开，唤来了一位士兵。

这位士兵腰间围着白布。军官指着那盛满鲈鱼的网袋，对士兵说：“威廉，快帮我把这群活鱼炸一下，一定非常新鲜，非常美味！”说完便又抽起了烟。

而就在几个小时前，莫里和桑沃穿过法军前哨，在普鲁士军队驻扎的地区徘徊不前时，为了疏解心中的紧张感，桑沃用巴黎人惯有的诙谐口吻对浑身发抖的莫里说：“如果我们遇到他们，一定要让他们尝尝炸鱼的味道！”

微点评

哪怕穿越硝烟和炮火，封锁和警戒，只要能缅怀我们弥足珍贵的友情，为这共赴生死又有何妨。

兄弟，我不忍心逮捕你

【美国】**欧·亨利**

对不起，布博。我实在不忍心亲自逮捕你，只好找一位同事来帮我完成这件事。

夜里一点，一阵寒风吹过纽约大街，街上来往的行人和车辆所剩无几。可以看到一位警察正在值勤，冒着寒风在大街上巡视着。

警察走到一家小店铺前，门口灯光昏暗，映出一位男子的身影。警察脚步减缓，审视了一下男子。黑暗中看不太清楚，只见他嘴里叼着一支雪茄，还没点燃。警察走向男子。

这个男子看到一位警察正往自己这里走来，连忙招呼他，说："警察先生，这儿很安静。我之所以站在这里，只是为了履行二十年前的一个约定，等一位朋友而已。很奇怪吧？好吧，如果你那么有兴趣的话，我也不妨给你讲讲。就在二十年前，这个小店铺所在的地方，是一家餐馆……”

警察打断了他的话：“五年前那餐馆就被拆掉了。”

男子将叼在嘴里的雪茄点燃了。借着划亮火柴的时候，警察将男子详细地观察了一下，发现在他苍白的脸上，一块白色小伤疤贴在右眼角附近。

男子接下去说：“我有一个好伙伴，叫吉米。他从小和我一起在纽约长大。可以说，我们两个自小就是形影不离的好朋友。二十年前，就是这个晚上，我和吉米在这里的餐馆用餐。这是我们的离别之夜，因为第二天我将前往西部寻找工作。最后，在分离时，我们订了一个约定：二十年后，在相同的时间和地点相会。”

“很有趣的一个故事呢。分开之后，你就从来都没有收到过这位好朋友的信件吗?”

“有，当然有，我们彼此通信了一段时间呢。可是，你也知道，西部那么大，我要谋生就必须四处奔波。所以，只有一两年的时间，我和吉米之间的联系就断了。但是我相信他，只要他还在人世，一定会前来见我的。这个朋友，我不信他还信谁呢?”男子说完这话，从口袋中拿出一块小巧精致的金表来，上面镶嵌着的宝石在微弱的灯光下仍然熠熠生辉。

“九点五十七分了，还差三分钟。我们上次分离时是十点整。”男子说。

"看来你在西部发展得还不错。"

"是啊。不容易啊，那么多年，要不是四处奔忙，能这样吗？吉米只要能有我一半的成绩就很好了。"

一阵寒风呼啸而过，吹过沉寂的大街，打断了两个人的对话。一阵短暂的沉默，两人相对无言。

"我要先走了。希望你的好朋友吉米可以准时赴约。"警察对男子说，在临走前他还问了一句："如果吉米没有准时来到，你会提前离去吗？"

"当然不会。我至少会再多等他半个钟头。我相信吉米，他一定会来的，只要他还没死。好了，那就先再会了，警察先生。"

警察向男子告别后，沿着大街离去了。他的身影消失在大街前方，街上空无一人，只剩冷风断断续续地吹过。男子依旧站在店铺门前，又等了大概二十分钟。忽然，前方一个高大身影匆忙地向男子靠近。走近后，男子看到他身披黑色大衣，衣领往上翻起，将耳朵都盖住了。

那身形高大的来人问男子："是布博吗？"

男子听到来人询问，兴奋不已，他大声回应："是。你是吉米吗？"

来人急忙走近男子，将他双手紧紧握住，兴奋地说："你果然是布博！我就说你一定会在这儿等我的！哈哈。二十年了，够长的时间啊！长到可以让一个餐馆变不见。唉，如果它还在，我们今晚还可以在这里进餐呢。布博，告诉我这几年在西部发展得怎么样了。"

“还算不错呢，至少我想要的东西都得到了。吉米，你呢？没想到在我们分开后，你还可以长高啊。”

“是啊，确实是长高了一点儿呢。”

“你在纽约过得怎么样？”

“还好，在市政府的一个部门里工作，倒是有自己的办公室呢。布博，我们到处走走吧，顺便叙叙旧。”

两个人在昏暗的大街上走着。在街角处，一家大商店还亮着灯。两人走到这里，趁着灯光明亮，都转过头去看了下彼此的脸。突然，那个叫布博的男子停了下来。

他满脸疑虑，用怀疑的声调询问对方：“你不是吉米。就算二十年很长，也不至于让一个人变得完全不同。”

“是的。可是二十年的时间完全能让一个人变坏。布博，你被逮捕了。芝加哥警方早料到你会来纽约，提前通知了我们。跟我去警察局吧。在去之前，我有一样东西先给你。”来人从口袋里拿出一张小纸条，接着说：“这是你朋友给你的，你先看下吧。”

布博将纸条接过去。他全身颤抖着，读了起来：

布博，我刚才准时赴约了。可是在你划动火柴的那一刻，我发现你竟然是芝加哥警方通缉的人。对不起，布博。我实在不忍心亲自逮捕你，只好找一位同事来帮我完成这件事。

微点评

二十年再聚首，相逢本是一首欢歌，但正义胜过一切。

一起被放逐

【美国】**布勒特·哈特**

汤姆简直毫无戒备地交出全部粮食让奥克平均分配给大家，他似乎还对这封闭的生活充满了期待，“那我们就露营一星期，等雪化了一起走。”

扑克滩这个地方最近总是丢钱，此外还消失了两匹马，不仅如此，甚至一个优秀的居民也失踪多天了，这样的情形让大家觉得不安，他们决定采取措施保卫自己的安全。为此，他们杀掉了两个作恶多端的人，对另外一些没那么罪大恶极的人则实行了放逐。

这批放逐的人一共四个，奥克是一个赌徒，早习惯了赌场的紧张局面，总是表现得相当冷静沉着，年轻的“公爵夫人”和泼辣的“席普顿妈妈”，还有酒鬼比莱大叔，他曾经因盗窃被指控。四人被逐出扑克滩的范围，并被警告永远不许再回来。奥克领着大家往山第州走去，那里的人并不知道他们的劣迹，应该不会抗拒他们的到来。

到山第州的路要走一整天，不仅路途遥远，还要翻越一座大山，因为山路难走加上被驱逐的耻辱，三人骑着马显得很烦躁，一路上都在骂骂咧咧，只有奥克先生安静地坐在马上，不发一言。走到内华达山，路更狭窄了，也越发陡峭。公爵夫人首先按捺不住，使起性子，下马不愿再走，大家只好停下来休息。

那是个适合露营的地方，三面陡峭的花岗石崖壁围出一个安静的园地，里面树木丛生。可是，到山第州的路他们只走了一小半，也没被允许带更多的宿营装备和粮食，奥克提醒着同伴们他们现在的处境，可是没人关心这些，他们三个拿出自带的酒，不一会儿就喝得酩酊大醉，一个个昏睡过去。

奥克没有喝酒的习惯，倒不是因为他觉悟高，主要是赌博需要冷静的思维，他需要保持清醒。而现在，就只有他一个人面对着这安静的林地，孤独地等待他的同伴们醒来。突然有人叫他的名字，打破了这让人难熬的寂静。

奥克赶紧定了定神，一眼就认出是山第州的“憨人”汤姆·辛普森，他正骑着马缓慢地接近，马上的人看上去积极向上、精神头十足。奥克对他印象深刻，因为在初次见面的赌局上，这个老实的小伙子就将全部的钱财输给了他，一共四十块钱。奥克有点于心不忍，私下告诫他不要再赌博，并把钱还了回去。汤姆·辛普森感激不已，对奥克感恩戴德。

小伙子热情地打了个招呼，言语中仍然充满感激，两人寒暄了一阵，奥克搞清了状况。原来汤姆是带着芬妮跑出来的，他们虽然订婚了，芬妮的父亲总是设法刁难，他们就一起跑出来，准备去扑克滩结婚，然后在那里找活干。说着，芬妮害羞地骑马从树后出来，她长得文静秀气，看上去容光焕发。他们两个长途跋涉，似乎有点疲倦，遇上奥克一行人自然十分惊喜。

奥克先生却不那么乐观，他让两人休息一会就抓紧赶路，天黑前应该能到扑克滩，甚至说了他们现在粮食不多、装备不全的情况，可是这两个年轻人坚持要加入他们，还牵出驮着粮食的骡子，那是他们以防万一准备的东西。汤姆甚至连他们的住处都想好了，他对着公爵夫人说："奥克太太，让芬妮跟您一起吧，我随便凑合一下就行。"一听到这话，比莱大叔几乎按捺不住地想笑，这两个年轻人完全不知道他们的底细，似乎是把他们当作了好人呢。奥克踢了他一脚，警告他不要乱说话。但是，比莱大叔仍然忍耐不住，自己离开走到山谷那里，夹杂着脏话放声大笑，仿佛这是天底下最好笑的笑话。

好大一会儿，他平静下来回到露营地的时候，却发现气氛十分热烈，大家生着火在热情地互相交谈。芬妮饱满的脸蛋在火光的映衬下，红扑扑的，十分可爱，她正和公爵夫人说着什么，而公爵夫人听得津津有味。"憨人"汤姆则情绪激动地对着奥克和席普顿妈妈说话，气氛和谐而温暖。比莱大叔简直无法相信，嘴上骂骂咧咧，心里想着难道他们把这当作野餐会了吗？

夜色笼罩下来，两个年轻人互相吻着来告别，那吻坦诚而直率，大家都被这世界上最质朴的爱意打动了，静静地转身按照之前的安排各自就寝。

第二天早上，奥克先生是被冻醒的，他睁开眼只见一片银装素裹，原来昨夜下了大雪。他赶紧招呼比莱大叔，希望尽快赶路，这内华达山区最怕下雪了，一下雪山路被冰雪覆盖，只有穿滑雪鞋才能安全通过。可是，比莱大叔丝毫没有回应，奥克快步走到比莱大叔休息的地方，竟然没有人，而远处拴着的牲口也没了踪影，只有一行脚印延伸着消失在远方。

“比莱果然是恶性不改!”奥克狠狠地咒骂着，又很快平静下来，思索着应对方法。他环顾了一下周围，积雪很深，山崖的路都被隔断，恐怕暂时是无法出去了。幸好，比莱没有顺走粮食，他仔细地计划着，估摸着余下粮食的分量，算上汤姆带的那份，要是节省一些的话，还能撑十天。

这时，大家都醒来了，奥克假装镇定地问小伙子是否愿意把粮食贡献出来大家一起食用。“要是你不愿这样做，就只好等比莱大叔带着粮食回来了。”他不愿这单纯的年轻人知道比莱所做的事，就撒了个谎说牲口是被他早起惊跑的，比莱去找人接济了。

公爵夫人和席普顿妈妈是知道比莱的劣根性的，但是都被奥克叮嘱过不要暴露他们现在的处境，便也配合着假装不知道。而汤姆简直毫无戒备地交出全部粮食让奥克平均分配给大家，他似乎还对这封闭的生活充满了期待，“那我们就露营一星期，等雪化了一起走。”

这兴奋的情绪很快感染了其他人，大家迅速行动起来，为接下去的露营做准备。奥克去找出去的路了，“憨人”汤姆用松枝搭了个临时的屋顶，公爵夫人安排芬妮把屋子里面布置得雅致而温馨，席普顿妈妈也在旁边粗鲁地指挥着。

奥克先生没有找到路，有点沮丧地往回走，还没走到他们住的地方，就听见欢乐的笑声不断地洒向山谷，配合着回声，显得连绵不绝。他有点吃惊：“难道是我藏起来的威士忌被他们喝了？”可是他仔细听去，那笑声单纯而温暖，完全没有喝过酒的气息，继续朝前走着才看见他们几个在风雪中生起了火，正在火堆旁开心地讲着笑话。奥克先生加快了脚步，迫不及待地加入进去。

汤姆·辛普森拿出手风琴，和芬妮各自拉了几曲，后来又敲着骨头响板给芬妮伴奏，在这样的天气里有这样的消遣真是难得。但是，那一晚最让人难忘的却是这对年轻恋人唱的那首赞美诗。赞美诗很常见，他们选的又是极普通的野外集会的曲子，但是他们脸上的真诚那么真实，人们一点点地被影响了，到最后，甚至所有人都加入了，一起大声地唱起来：“为主服务，我感到光荣，死在主的军中是我最好的归宿……”

夜半时分，风雪终于逐渐停下来，厚重的乌云一点点地消散掉，无边的夜空里闪烁着一颗颗亮闪闪的星星，周围静悄悄的。今天是汤姆负责守夜，但是奥克主动要求跟汤姆一起，因为他经常赌博，习惯了短时间的睡眠。

阳光洒进山谷，地上的雪反射着耀眼的白光，第三天来了。食物在一点点地减少，公爵夫人和席普顿妈妈正在重新进行分配。她们嬉笑着叫芬妮“孩子”，充满了母亲的慈爱。这天夜晚，汤姆又拉起了手风琴，可是音乐已经不能缓解人们的饥饿，芬妮提出建议，要求大家讲故事玩。可是奥克他们三缄其口，似乎不太好意思讲自己的故事，只有汤姆响应芬妮的建议，开始认真地讲《伊利亚特》里面的故事。

一个星期就这样过去了，人们得到的食物越来越少，娱乐也仅剩讲故事这样不费力气的活动。可是天气根本没有好转的样子，前几天的太阳又隐匿不见，大雪再次袭来，树木被埋在厚厚的雪墙里，他们连柴火都很难弄到了。但是大家依然保持着乐观的情绪，那对年轻人自然是不用多说，奥克是一如既往的沉静，公爵夫人这段时间开心了不少，唯一的例外是席普顿妈妈，她以前总是中气十足地吼骂这该死的天气，最近却偃旗息鼓，甚至眼见着她一点点地瘦下去。

第十天的深夜，席普顿妈妈偷偷地叫醒奥克，交代他别吵醒孩子们，让他拿出她头下压着的包袱。她虚弱地吩咐着，显得有气无力。赌徒先生照做了，打开一看，里面竟然是一小包的粮食，看那分量，应该是席普顿妈妈一个星期的口粮。

奥克震惊了：“你绝食了？”席普顿妈妈点点头，愤愤地说：“是这么说的。”似乎是没有力气，她停顿了一会，又接着说：“把这粮食给孩子们。我这就去了，照顾好他们。”说完，她转过头去，再也没有醒来。

那一天，整个山谷里回荡的都是忧伤的气氛，大家没有再听手风琴，也没有讲故事，沉默地将席普顿妈妈安葬在雪地里。做完这一切，奥克递给“憨人”汤姆一双用旧马鞍改造的滑雪鞋，对他说：“要是你还想救芬妮，就穿着鞋子去扑克滩，要尽快，如果两天内你能到达那里，她就能活下来。”

“你们怎么办?”汤姆疑惑着。

“我们就在这里等你。”奥克回答着。

这对年轻的恋人简单地拥抱了一下，算是告别。一边的公爵夫人看见奥克跟在汤姆身后，询问他是否要跟汤姆一起去求援。奥克先生摇了摇头，“我送他到山谷就回来。”然后过来亲吻了公爵夫人，转身走了。公爵夫人羞赧不已，脸红得像发烧。

可是夜深了，奥克先生并没有回来，雪渐渐大起来，公爵夫人领着芬妮生火取暖，却看见小屋子旁边不知什么时候被人放上了劈柴，这些柴火足够烧好几天了。公爵夫人没有忍住，眼泪奔涌而出，她背过身轻轻擦掉，没让芬妮看见。

这一夜，非常难熬，她们几乎都没怎么睡，好不容易天亮了。可是一切看上去都无力改变了，她们知道自己接下来要面临的是什么。芬妮假装坚强，搂住公爵夫人，两人相依相偎，抱着取暖。入夜，狂风大作，雪从各个方向蹿进屋子里，打在柴火上，熄灭了火堆，只留下黑黑的灰烬，大雪一点点压上去，不一会儿，连灰烬都看不见了。

公爵夫人缓慢地把头靠在芬妮年轻、干净的胸膛上，抱着她昏睡过去。

清晨来临了，风雪终于停息了，整个山谷洁白如新，安静得不像话。屋子里的公爵夫人和芬妮还保持着昨夜的状态，人们走近了，她们也没有动。有人伸手拂去她们身上的积雪，露出她们的脸庞，上面是一种从没见过的安宁和平静，人们不再打扰她们，转身离开，让她们继续抱着。

而在谷口的大树下，人们找到了奥克先生的尸体，他用手枪结束了自己的生命，而他旁边的树上，用猎刀插着一张梅花二，那是他的墓志铭。上面写着“约输·奥克长眠于此，他于一八五〇年十一月二十三日遭到厄运，于一八五〇年十二月七日将筹码交还”。

微点评

在最纯真善良的人性光芒面前，再肮脏不堪的灵魂也自惭形秽，主动清洗反省过的自我，同样熠熠生辉。

雪野诀别

【美国】**杰克·伦敦**

他恳求基德不要再管他，带着他妻子赶紧上路离开这鬼地方。

一行人正由猎狗带队走过冰面，他们走得很缓慢，看上去疲惫不堪，说实话，在北极附近赶路，可不是件轻松的事。麦生咬掉卡门脚趾间的冰块，嘲讽它的名字取得不好，认为有这样奇怪名字的狗是不中用的，迟早要被那只叫苏克姆的猎狗干掉。他正说着，卡门像听懂了他的责骂似的，一跃而起，差点咬住麦生的喉咙。麦生反应很快，一边骂，一边扬起狗鞭，狠狠抽在它的身上。那狗受了重创，身子歪倒在雪地里不住地抖动，嘴里流出淡黄色的液体。

基德平静地看着发生在眼前的事情，把头转向露西，淡淡地表示，没准他们会在结束这段旅程之前连苏克姆都吃掉。这不是危言耸听，事实上，他们余下的粮食只够维持六天的，却还要走两百英里的雪路，那路没人走过，危险重重，需要他们自己开辟。狗呢，就更没东西吃了，它们看着三个人午间休息时吃着那少得可怜的食物，口水流了一地，肯定是饿坏了。基德看出了这些狗的异样，建议以后不吃中饭了，还要提防这些猎狗，饿极了它们是连主人都敢攻击的。

麦生正在一边安慰着他的妻子露西，告诉她，他们很快就会结束旅程，到那时候，露西就可以不必穿这种难堪的鹿皮靴，也能好好地吃顿饱饭了。露西是个印第安女人，皮肤黝黑，听到这话，脸上却露出开心的笑容，她对丈夫一往情深，那是她见到的第一个白种男人，他从不像她以前见到的那些印第安男人一样把女人当牲口。

两个男人嬉笑着谈论出去以后的生活，那么美好，露西听得都出了神。正聊着，猎狗们不知怎么打起架来，三人赶紧去把狗拉开，接着上路了。

他们各带一队猎狗往前走，麦生走在前面，露西在中间，基德落在最后，他急于赶上前面的人，可是猎狗们没吃东西，天气又冷，根本不愿走动。基德有点烦躁，却不忍心抽打这些牲口，他耐心地召唤着，猎狗们终于感受到了主人的需求，一个个跑起来追了上去。

他们在无边的雪地里赶路，万籁俱寂，这样死气沉沉的景象简直要把人逼疯。那种摸不到边际的恐惧无声无息地冒出来，人对大自然产生了一种难以言说的复杂情绪，夹杂着敬佩、希望和害怕，谁都不知道自己下一秒会有怎样的命运。

走到前面，河流拐了一个大弯，他们打算抄近道从最窄的地方穿过去。麦生带着他那一队狗跑在前头，哪知这群又饿又累的猎狗却忽然停在了高高的河岸处，不肯再往前走。露西和基德合力推着雪橇，它们还是一次次地滑下来，最后一次，狗狗们齐心协力，大家这才终于把雪橇弄到了峰顶。谁都没料到，那领队的狗却猛地向右一靠，不仅撞到了麦生和卡门，也使他们的努力化为了泡影，那雪橇在这激烈的冲撞中，又滑到了岸底。

麦生怒不可遏，狠狠地甩着鞭子发泄怒气，那鞭子一下下抽在卡门身上，疼得它四处躲闪。基德有点看不过去，让他可怜一下卡门，那狗已经没几天好活了，最好的办法是换一队狗拉雪橇。可是气急了的麦生哪里听得进去这些话，他扬起长鞭，缠在卡门脖子上，使劲一拉，那狗低低地吼叫着，一头栽了下去，身体缩在雪地里动弹不得。

气氛顿时凝重起来，基德愤怒地瞪着麦生，可是于事无补，那狗已经奄奄一息，他无奈地慢慢解下卡门套着的皮带，不知道它能不能撑到他们宿营的地方。大家沉默地将几队狗并在一起，合力将雪橇推了上去，卡门远远地在队伍后面跟着，步履蹒跚。麦生似乎意识到了自己举措失当，但是倔强的性格不允许他承认错误，他便使着蛮劲埋头赶路，一路走在队伍的最前方。

前面是一个树林，密密麻麻地生长着许多种类的树，树上挂满了霜雪，有的树经不起积雪的重压，枝头被压断，成堆地叠在地上。森林里过分地安静，显得诡异，似乎透露着一种不祥的预兆。麦生第一个走进树林，他丝毫没感觉到有什么不妥，仍旧踏着大步子朝前走。就在这时，一颗大松树哗地倒下来，直直地打在麦生的肩膀上。那树很粗，看上去年代久远，应该是枝干无法承受积雪的重量才轰然倒下的。露西赶紧跑上前去，用一根大树的枝干作杠杆，尽量减轻树的重量，而基德早开始用斧头砍那冻僵的树干。

两人费尽全力，终于把麦生从松树底下救出来，可是他已经几乎没有人的模样了，右胳膊、右腿和脊椎骨全断了，整个腿和屁股已经失去了知觉，看不见的内伤更加致命，唯一他还活着的证据就是嘴里不断逸出的呻吟。

露西没有像那些白种女人一样哭哭啼啼，她迅速用松树的枝叶生了一堆火，和基德一起把麦生裹进皮褥子里，挪到火堆旁。那一夜最难熬，露西强忍着悲伤不断抚慰着受伤的麦生，他一直用方言模模糊糊地说出一些词语，似乎是他以前生活的片段，基德听懂了他说的话，满腹辛酸。

第二天早晨，麦生终于清醒过来，他絮絮地念叨着他跟露西的生活。他们相识是四年前在塔那见面时候的事，当时他对露西并无好感，可是慢慢接触下来就发觉露西的优点简直数不胜数。两人结婚后，露西对他关怀备至，跟他同甘共苦，毫无怨言。她还有着印第安女人独有的坚毅和无畏，曾几次搭救他和基德，一次是他们困在岩石上，露西顶着劈头盖脸的冰雹穿过麋角滩的急流把他们救下来。

还有一次，他们两人在怒克路凯脱饿得快死了，露西一路奔波，穿过流冰，给他们带信。露西比他以前的妻子好多了，很多人不知道他曾在美国结过婚，就是因为这个他才跑到这里的。

麦生说着说着，语调有些悲伤，他不能够和露西一起走出去了，那些曾经设想的美好生活跟他一点关系也没有了。他仔细地嘱咐着基德，不要把露西送回娘家，那对一个女人来说是很丢脸的，露西跟着他们风餐露宿整整四年，不能让她没皮没脸地回去。最好把她送到美国，等她想家的时候再接她回来。还有露西肚子里的孩子，不知道是男孩是女孩，他希望是个男孩，卖了皮货再加上公司里的股份，足够这孩子上学的费用了。

说到这里，麦生情绪激动起来，他已经活不了几天了，不能再耽误露西和基德赶路的时间，食物已经不多了，耽搁一天，危险就多一分。想到这，他恳求基德不要再管他，带着他妻子赶紧上路，离开这鬼地方。可是基德非要在这里等他三天，等他情况好起来再走，两人争执不下，最后双方各让一步，约定大家一起在这里等他一天，要是情况不好，就让基德用枪结束他的生命。要知道，在这寂静的原野里孤独地流血死去可不是件容易忍受的事。

交代完这些，他让基德把露西叫来，好好告别一下。基德站起来正要离开，麦生低沉的声音再次响起，他说的是“对不起，我对不起卡门”。

一阵心酸涌上心头，基德背着枪走开，他要去打麋鹿，只要一只就足够救活麦生了。这么多年，他们遇到过矿山、洪水和饥荒等袭击，一直生死与共，那种感情没人能比得上，甚至刚开始的时候他对露西的加入都颇为不满，这一次，难道要让他出手斩断与麦生深厚的感情？

可是今天的运气出奇地差，基德跑了很远的路，累得筋疲力尽，却连一只动物都没有遇到。他悻悻地走回来，却听见露西尖叫着似乎在和什么东西搏斗，狗叫声此起彼伏。他赶紧冲过去，一眼就看见露西拿着斧头朝着猎狗挥舞，原来是猎狗在和露西争抢粮食。他举枪扫射，那条最凶猛的狗应声倒在露西脚边，余下的狗快速闪躲着跑开。战斗结束，一切又恢复了平静，只是他们的干鲑鱼已经被狗吃完了，幸存的粮食只有五磅的面粉。基德把那死狗的肉割下来藏好，狗杂碎丢给了饥饿的猎狗们。

谁知第二天早晨，猎狗们又打起架来，气若游丝的卡门被它的伙伴们扑倒了，它们正在争抢卡门的残肉。基德上去用鞭子使劲抽打，还是阻挡不了这群饿到极点的猎狗，它们啃完了卡门的肉和骨头，连皮和毛也一扫而光。

基德无奈地开始搭棚子，他用鹿皮带把两个小松树面对面地绑在接近地面的地方，将麦生身上的皮褥子捆紧，绳子两端缠在弯倒的松树上。他不忍心用枪结束麦生的生命，这样一来，只要砍断松树，那力道就足以将麦生弹到半天空。接着他把狗套好，让露西赶着它们先走，露西一向习惯于逆来顺受，对丈夫和基德的安排没有意见，她掩饰起所有的悲伤，神情木然地赶着狗上路了。

而基德转身回到麦生身边，坐在火堆旁，等着他的朋友自己断气。可是过去了两个小时，麦生仍然没有死，疼痛的感觉已经把他折磨得没有人样，基德无法看着他这样受苦，拿出手枪，扣动扳机，那小树苗的压力一下释放出来，麦生腾空而起，飞向了空中。基德做完这一切，疯狂地抽打着猎狗，一路奔向无边的原野。

微点评

当生命遇上自然的残酷无情，在这场抗衡里，对于生活的美好向往、对于亲人和朋友的爱，是支撑他们获胜的唯一武器。

凯顿的青烟

【英国】**查尔斯·狄更斯**

凯顿继续说着，把紧握着的手在写信的囚犯面前摊开，里面冒出一股青烟。

无论是年逾花甲的大富商，还是贫困潦倒的年轻女裁缝，一共五十二个人，他们都集中在一个牢房里。在他们面前的，是即将到来的死亡，无论贫穷或富有，他们都静静等待着同样的悲惨结局，谁也改变不了。

嘉尔思也在五十二个人的名单里，但他单独住一间牢房。他平静了一小会，但一想到自己即将死亡，深爱的妻子露西和儿女还在人间孤独而活，心头缠满了万千愁思，他不甘心就这样束手待毙，但曾经为求生所做的一切努力，都烟消云散了。

昨天在法庭上对他的控诉，字字都像一把把尖刀，刺进他的心里，他明明白白地知道自己必死无疑，想要处死他的，是这个急遽转变的时代，谁也救不了他。

现在，是临行刑前的最后一晚了，他要求狱警提供了纸和笔，他要写最后的信。现在他对即将到来的死亡从容不迫，因为一想到，自己所走的包含冤屈的死亡之路，在这个动荡的年代里，已经有无数人安详地走过了，并且自己的生命中并没有污点，他变得坦然起来。他现在，要告诉妻子露西一些真相。

他在信中，告诉了露西，他因为憎恨自己家族的罪恶，而放弃了自己的姓氏，之前他对自己家族迫害岳父的事毫不知情，直到自己爱上她后，岳父才悄悄告诉他真相并与他约定，永久放弃自己的姓氏，只有这样才能与露西结婚，这毕竟是个合情合理的要求。他希望露西能劝说岳父宽恕自己，因为自己早已与家族决裂，并未做过任何伤天害理的事。他希望妻子能够在自己死后，替他照顾好孩子们，铭记住自己对她真挚热切的爱。

然后他给岳父也写了一封信，劝他从过去的事情中走出来，重新振作，拜托他关照好自己的妻儿。同时也把自己的事务托付给了卢拉先生。他思绪太多，并没有顾得上想起自己的朋友凯顿，想得最多的就是明天就要诀别于人世了。

他昏昏沉沉地睡去了。他看见自己被释放了，和露西在田园木屋里生活，妻子拉着自己的手安慰他，死刑只是他做的一个梦，现在梦醒了。又有一个声音在身后不停地纠缠，告诉他和妻子在一起的事才是个梦，自己明天还要面对死亡。

早晨醒来，他头脑清醒地知道下午三点自己就要死了，把生命定点在那一刻，反而轻松起来毫无畏惧。内心好奇地猜测，是什么样的刽子手要结束他的生命，又有多少个冤魂经了那人的手，自己是第几个呢。时间一点一滴地过去了，他静静地坐着，听着每过一个小时就敲响的钟声，那是时间在催他，这些流过的一个又一个小时，再也不会回来了，就像自己将要终结的生命。十二点的钟声回荡在监狱上空，这对外面的世界来说，只不过是一个再普通不过的正午钟声了，而对于这五十二个人来说，这是个宣告，是他们人生最后的一个十二点了。

他等待的是两点钟的到来，因为在三点行刑之前还要有一个小时将囚犯运送断头台。两点，那件事就启动了。一点钟的时候，他来回走动着，只消再挨一个小时就行了。这时，走廊里传来一阵脚步声。

牢门的锁响动，他听见了两个人在低语："你自己进去吧，他没见过我。你抓紧时间。"

这时门打开了，一个人闪进来又迅速关上了门。那是他的朋友凯顿，他示意囚犯嘉尔思不要出声。囚犯用极小的声音问："不会你也被抓进来了吧?"凯顿摇摇头："不，是我买通了一个狱卒，我带来了你妻子的一个请求。"

"是什么?"

"你不要问为什么，完全照我说的办就行，这是你挚爱的妻子的愿望。”凯顿迅速坐在椅子上脱下了自己的靴子命令囚犯穿上。

“别打上你的性命冒险了，凯顿，以前越狱的人都失败了。”

“我并没有说过要帮你越狱，只是你现在不要问为什么了，时间紧迫，你把衣服全脱下来和我换，把头发也像我这样散下来。”凯顿迅速帮囚犯完成了这一系列换装。

囚犯反复焦急地劝着眼前人，不要冒无谓的险，逃跑是不会成功的。凯顿没有理他说的话，让囚犯写信。

“镇定点，我说你写，一个字也不要变。”凯顿的手紧紧握着。

囚犯看见他手里有东西问：“那是武器吗？你手里握着什么？”

“不是武器，过会你就知道了。”凯顿继续说，“快写，‘希望你见了这封信之后能明白，倘若你还记得我们曾经的谈话，我知道你不会忘记的。’”

囚犯不解地在纸上写着。

“‘感谢上帝给我机会实现自己的承诺，希望我这次的举动能让你不再悲伤。’”凯顿继续说着，把紧握着的手在写信的囚犯面前摊开，里面冒出一股青烟。

“那是什么？”

“没什么，不要问了，你写完了没有？”

“就快写完了，我的手有些不听指挥，头脑也昏昏沉沉的。”囚犯视线模糊，脑袋沉下去了，手中的笔不受指挥，无法控制。

“继续写下去‘如果不这样做，我以后就没有机会了，这样我的过失就大了’……”

凯顿把手里的青烟又放出来一些，囚犯手中的笔掉在了地上，凯顿用手使劲捂住了囚犯的鼻子，囚犯昏沉着微弱挣扎了一会儿，就不动弹了。

凯顿轻轻叩了几下门：“进来吧。”门外的狱卒走了进来，凯顿把桌上的信放进嘉尔思口袋里。

“有没有被人发现？”

狱卒回应：“因为革命，这里混乱得很，只要你按之前说的做，没什么问题。”他停顿了一会，又加了一句：“你会按答应好的去办吧？五十二个人一个都不能少，你可要去替他顶数。”

“放心，我一定信守诺言。”凯顿边说边把自己的头发梳成囚犯的样子，把自己身上囚犯的衣服整理好，不仔细看的话，凯顿和昏迷的囚犯简直一模一样，“现在把他抬到马车里去吧，就说这是我，因为接收不了挚友将要离世的事实，已经哭晕过去了，反正这是牢狱里经常上演的一幕，抓紧时间！”

狱卒打开门刚要走出去，又不放心地回来确认了一遍，让凯顿发誓不泄露这个秘密，因为自己一旦被揭发可是个大罪过。时间紧迫，凯顿焦急地发了誓：“你放心好了，我说到做到，这事只有上帝知道！你把他送到卢拉先生那里，叮嘱他先别给他解药让他醒来，等事情办妥了再行动。”

狱卒走了，不一会儿就带了另外两个同伴进来，“帮忙把这个多情的贵族朋友抬出去吧，他看到自己的朋友要送死，自己竟然晕了过去。”凯顿把脸埋进双手里，看上去像是在痛苦地诀别。狱卒七手八脚地把地上的人抬走了。

凯顿紧张地把耳朵贴在门上，过了一会儿，什么异常都没有发生，他这才缓慢地坐在椅子上。两点的钟声悠悠地敲响了，他知道这钟声的含义，此刻他无比镇定。看守把牢门打开："嘉尔思，出来!"他随着引领来到了犯人集合的角落，昏暗的屋里气氛阴沉，有些熟识的人上前冲他打招呼，他有点担心，向暗处移动，低着头。

囚犯人群里有一个瘦弱姑娘的身影向他走过来，她低声向他说道："嘉尔思，我是曾在拉夫斯跟你一起坐过牢的裁缝。"凯顿紧张起来，用沙哑的声音问："对，我记得你，他们判你什么罪来着?"

"阴谋罪。"那可怜的姑娘苦笑着，低下头，渐渐眼里涌出了泪水，"上帝知道他们为什么诬陷我，我这么年轻就要为这莫须有的罪名赴死了。你愿意在临死前握住你的手给我力量吗?"

女裁缝抬起头看着眼前的人，眉头忽然皱到了一起。"嘘。"凯顿低声示意。"你是来替他死的?""是，他还有一家子人需要他呢。""天哪，勇敢的人，上帝一定会接你入天堂。让我握紧你的手，给我勇气吧。"

从监狱出来的那架马车现在正驶出巴黎，车上有好几个人在路障边接受检查。带头的卢拉律师拿出了所有人的证件递给警卫，"我是卢拉律师，这是亚历山大医生和他的女儿露西。"他指给盘问的人那个萎靡不振的老头和嘉尔思的妻子，"角落里那个是凯顿，英国律师，因为和将要被革命处死的朋友道了别，伤心到晕厥了。”

“瞧瞧这群弱不禁风的贵族，共和国革命的熊熊之火把你们吓垮了吧，哈哈。”

负责排查的警卫爬到车厢上，看了看行李，又不紧不慢地绕着马车转了一圈，没见过世面的乡下人也都围着没落贵族的马车新奇地瞧着。

最后，证件被重新递回了卢拉手里，“可以走了。”

卢拉长呼了一口气，让车夫慢慢赶着马车走出了路障关口。

露西望着身后的警卫，说：“卢拉，我们能不能快点走？”

“不行，我们要镇静一些，否则会露出破绽。”马蹄声缓慢而有力地回响在街道上，渐渐远离了身后的警卫，一驶进旷野里，赶马车的人就快马加鞭起来，车子在黑夜里疾驰。

崎岖的土路令马车颠簸不堪，车上的人心里也极度紧张，马车在前进中上下起伏，揪着的心也随之跌宕，只有角落里昏睡过去的人在沉重地呼吸着。他们时不时透过后车窗向后张望，随时警惕有人追赶上来。

车上的人盯着路边两侧的黑夜，看着眼前似曾相识的破落村庄和荒野，忐忑不安地怀疑车夫是否将他们带回了原处，一切都变得谨慎起来，他们不敢信任任何陌生人，仿佛路边的房子和垃圾堆都是刚刚经过的。就在这不停的担忧中，马车终于在颠簸中来到了新的驿站。这时，这群亡命天涯的人已经远离了巴黎城里，卢拉给昏迷的人打开一个窗口，让他呼吸着新鲜的空气。

在驿站，换上了新的马车夫，这个新来的人似乎很健谈：“嗨，客人，今天的巴黎有多少囚犯被送上断头台？”

“五十二个。”

“真是个吉利的数字，数目跟一年里的礼拜数相同，共和国干得漂亮！”

马车在夜风中重新出现在旷野的山坡上，月亮随着奔波的马车前行，“驾！驾！”的赶车声打破了荒野的宁静，对车上的人来说，紧张的气氛始终挥散不去。新鲜的夜风吹入马车，昏睡的人渐渐苏醒，他的记忆似乎还停留在晕倒前的一刻，用含糊的语气问：“凯顿，你手里拿着什么？”

微点评

为了成全朋友的幸福，从容献身，这是世间令人动容的真情。凯顿的死，像一支羽毛轻柔地飘落水面，没有泛起一丝涟漪，却让人潸然泪下。

我们

已经

长大

笑 着 笑 着 就 哭 了

匆匆·深刻的面孔

佛说五百年前的一次相遇，才换来今生的一次回眸。

兄弟们，再见

【英国】**吉卜林**

一想到即将离开这片曾生活十年之久的森林，他的心口突然疼痛起来，眼泪顺着脸颊流下来。

西奥尼的狼群里有一个人，或者说也算不上人，就是一个半人半狼的动物，他叫木格里，在这个狼群里已经生活了十年之久。十年前，老虎赛亚汗将他抓进丛林，后来被狼爸和狼妈救下，养活至今。在这十年里，他接受了丛林的法则，和狼崽子们一起玩耍嬉戏，熟悉这片森林里的每个角落，对树林里的风吹草动十分警惕，不管是蝙蝠骚动爪子的声音，还是鱼儿落在池塘的溅水声，他都能分辨得清清楚楚。然而十年前，他还只是个刚会走路的小幼儿，手无缚鸡之力。

那时，泰伯克刚刚被狼爸和狼妈赶跑，它是一只豺，专门去各家讨些残羹剩饭吃，这一天又来了。谁知它得到狼爸施舍的肉骨头后，还赖着不走，明明知道在丛林里当面夸奖别人的孩子是不礼貌的行为，却故意让人不痛快，在狼爸和狼妈面前使劲地夸奖家里那群刚出生没多久的狼崽儿。

除此之外，它还变本加厉地告诉告诉狼爸一家，住在二十里外威根河畔的老虎赛亚汗从下个月起就要来这片山头打猎了。

这简直忍无可忍，狼爸气愤地赶走了泰伯克，让它给老虎带话，这根本不符合丛林的法律，赛亚汗应该预先通知这片土地上的动物，因为它的出现会打破现在的平衡状态。而狼妈更是义愤填膺，据它所知，赛亚汗这个天生瘸腿的老虎，一向都在威根河捕杀耕牛，现在离开那里，肯定是吃掉的牛太多被那里的人赶出来的，它现在来这片地方，那些村民就会紧追过来，到时候人们点火烧山，这片土地上的动物全都得重新寻找新的落脚之地。

事实上，不到下个月，赛亚汗就已经出现在了这片森林里，狼爸听见了老虎在河谷里粗鲁的哼唧声，不禁冷笑出声，这么大的声音足够惊走那些动作敏捷的兽类了，它才不相信老虎能有什么收获，不是所有动物都像威根河沿岸的公牛那样愚蠢。可是，狼妈做了个噤声的动作，它听出来老虎赛亚汗捕杀的对象不是公牛或者公鹿，而应该是人。狼爸愤怒了，它搞不明白，池塘里的甲壳虫和青蛙就足够填饱肚子了，赛亚汗何苦去吃人。

并且，丛林里的法则是不准野兽擅自捕杀人类，只有教幼崽的情况例外，但是即使是教幼崽练习捕猎，也只能去兽群和部落场地以外的地方捕杀人类。这条规则实行的意义就在于狼妈说的那番话，动物们害怕杀人引来人类的大规模围剿，这可是得不偿失。

它们还自我安慰地解释，人类是自然界抵抗力最弱的动物，用它们的尖牙利爪去对付人类是胜之不武的。森林里还有传言说，野兽们要是吃了人的话，它们的毛皮就会长疮，牙齿也会脱落。

可是看上去，老虎赛亚汗根本没有把这些当回事，它朝着樵夫扑过去，却撞在了篝火堆上，好像是烫伤了脚，只见它在树丛里不停地跳来跳去。正在这时，狼妈似乎听见有什么东西过来，它警惕地提醒了一下狼爸。狼爸也注意到了树枝里窸窸窣窣的声音，它蹲下身子，跳了起来，可是跳到半空中却忽然顿住，在距地面四五尺的地方重重地落在地上。那个让它跳到半空又停住的东西竟然是一个人，一个刚学会走路的人类小娃娃，它赶紧招呼狼妈过来看。

一个全身赤裸、棕色皮肤的小娃娃扶着树枝，端端正正地站在它们面前，它们对此震惊不已，从没听说过有人类的小娃娃出现在这片狼群。可是，没来得及缓解这惊讶的情绪，那边泰伯克已经在叫唤着要狼爸把小娃娃还给它们，它现在是老虎赛亚汗的小跟班。赛亚汗吓走了小娃娃的父母，想饱餐一顿，谁料这小娃娃竟然被灰狼夫妇捉去了。

狼妈冲上前来，浑身散发出一种不可一世的气势，它怒吼着表示，娃娃是它拉丝克的，谁都别想打他的主意，再不走开，就让赛亚汗这个瘸腿得老虎瘸得更厉害。“拉丝克”的意思是魔鬼，当年狼妈在狼群里也是出了名的强悍，就是现在它一个人也可以将赛亚汗干掉。狼爸对这再有把握不过了，它当年就见识过狼妈过人的勇气和胆识。而外面的赛亚汗果然被狼妈的气势震住，这狼穴入口又窄，它根本进不来，只好认栽，灰溜溜地走开了。

但是要让小娃娃在这里生存可没那么简单，还要经过狼群的同意，否则这孩子一出去就会被吃掉的。狼妈给孩子取了名字，叫他青蛙木格里。它们准备在狼群大会上让大家认识一下这个人类的小娃娃。

狼群大会是最高规格的会议，通常是在月圆的那一天举行，是整个狼群里最隆重的会议，基本上所有的狼都会带着小狼参加，让狼群承认狼崽子们的身份。这也是丛林法则的一条，狼结婚的时候可以选择退出狼群，但是等到它的孩子大到能站起来，就必须将这小崽带到狼群大会上，狼群认识过了狼崽子，群里的任何一头成年狼都不能杀死狼崽，否则杀狼崽的那个就要被处死。

等到大大小小的狼都来了，孤狼雅克拉开始在会议岩上举行狼群大会，它是狼群的首领，不仅力气惊人，还足智多谋，十分了解人类的习惯，曾带领着狼群顺利地解决了不少难题。现在他正一一向大家介绍着新生的狼崽，一个也没漏过。

木格里是最后一个，他一上台，狼群里就一片哗然，就像在平静的湖水里投下了一颗石子，狼们交头接耳，场面顿时乱起来。一头狼率先打破这种乱哄哄的局面，它让大家安静下来并提出了自己的疑惑，它不理解自由的种族狼群为什么要收留一个人类娃娃。发问的狼已经四岁，年富力强，身形矫捷。

首领雅克拉没有回答这头狼的问题，它环视了一下狼群，问大家是否有人愿为这个人娃娃说话。丛林里的法则是如果要接纳一个新成员，除了父母外，必须得到至少两人的同意，狼群才会承认他的身份，将他看做群体的一分子。

狼爸一家紧张得不得了，它们已经做好了战斗的准备，要是没有人同意娃娃入群，肯定少不了一场恶斗。而附近不断有老虎吼叫的声音传过来，赛亚汗还在垂涎这孩子。

褐熊博鲁站起来了，它是唯一一个被允许参加大会的异类，专门教大家丛林法律，可以在这里自由来去。它的态度很明显，这个小家伙毫无杀伤力，根本不会损害狼群的利益，没有理由拒绝人娃娃的加入。

这时，黑豹布里拉蹿进狼群，它狡猾而凶猛，然而说出口的话却是那么温暖："虽然我没有权利参加狼群大会，但是我想提醒大家，这个小崽子是能被赎买的，丛林法律里面有这么个规定，要是一个小家伙的存在让大家有争论，但是又不想处死他，这样的情况是可以用物品换过来的。对付这样一个弱小的人类娃娃是多么让人汗颜的事情。要是你们愿意接受他，我刚杀死的那头肥大的公牛就归你们了。"

狼群乱起来，不少狼已经在惦记布里拉说的那条死去的公牛了，它们纷纷表示小小的人娃娃对狼群肯定是无害的，并一个个跑到木格里面前仔细地看一看他，接着就直往山下奔去，肥嫩的公牛可不多见呢。而狼群首领雅克拉对此事也没意见，这个小崽子长大后没准能成为狼群的帮手，它挥了挥手，让狼爸回去好好训练这个小娃娃。

这就是木格里加入狼群的经过，想来已是十年前的老故事了，现在这个人娃娃木格里已经长大，有狼群的保护，十年来他在这里过得无忧无虑，不过狼妈总是提醒他要注意老虎赛亚汗。

赛亚汗现在十分会拉拢关系，它跟狼群里那些年轻的狼们打得火热，那些狼甘愿跟在赛亚汗的身后，吃它的残羹冷炙，赛亚汗还经常在那些狼面前说雅克拉的坏话，不断挑拨狼群关系，说它们不应该由一个快死的狼和一个瘦弱的人娃娃来领导。要是雅克拉像十年前一样威猛的话，赛亚汗根本不敢这么放肆，可是现在这情况，雅克拉年长体衰，迟早会被更强壮的狼代替，要是它抓不住公鹿的话，事实上，它现在抓鹿已经力不从心了，体力大不如前。

布里拉对这情况很是担心，它找来木格里，告诉他，那些曾在狼群大会上主张接受木格里的狼已经和雅克拉一样老去，雅克拉也很快就会失去首领的地位，而狼群里的年轻人基本都依附于赛亚汗，这些年轻的狼肯定会听信赛亚汗的谗言，将木格里逐出狼群的，到那时，没有狼群的保护，赛亚汗就可以为所欲为，木格里的处境就会十分危险。

最后，布里拉还说出了自己内心的秘密，原来它曾被人类饲养过，出生在一个王宫，母亲死掉后，它就抓破笼子逃了出来，这就是它最懂人类的原因，而它在大会上为木格里说话，也跟这大有关系。就像它最终还是回到森林一样，木格里最终也是要回到人类中生活的。

可是木格里对这丝毫没有心理准备，对他来说，这片森林就是他的家，自己从小就跟狼崽子一起奔跑玩耍，帮狼群打猎，给它们挑脚上的刺，他已经习惯了这样的生活，从没想过要去人类那里。

布里拉十分忧愁，像木格里这样大大咧咧的性格，早晚得吃亏。突然，它猛地一下跳起来，兴奋不已，原来它找到对付赛亚汗的办法了。它让木格里去山下人类生活的地方弄一朵红花过来，它们管火叫红花，动物们都怕红花，只要弄到红花，就没有谁敢轻举妄动。

木格里一向最听布里拉的话，他顺从地往山下奔去。然而正跑着，他似乎听见了狼群捕杀公鹿的声音，大批的狼叫喊着让雅克拉去展示一下首领的本事，接着听下去，有牙齿咬空的声音，还有雅克拉被公鹿蹬在身体上，由于疼痛发出的叫喊声。他知道雅克拉这一次没有抓住公鹿，不会再有狼听从雅克拉的指挥了，不忍心再听下去，他径直下山，最迟在明天一定要拿到红花。

他走近一个农户，在窗口观察了很久，直到农夫夫妇出去了，才进去一把夺过小孩手里的柳条罐，他刚看见农夫的妻子往里面加炭火。等他回到山上已经是第二天清晨了，布里拉告诉木格里狼群要不是为了连他一起抓，它们昨天夜晚就杀死雅克拉了。

狼群大会正在进行，老虎赛亚汗正在讲话，雅克拉躺在岩石边上，空出了平时站的地方。木格里愤愤不平，他大声地叫喊出声，狼群大会为什么要让一个老虎发言。可是狼群一听见他的声音，就高喊着让人娃娃滚出狼群。现场陷入一种难堪的境地，大家商量后一致同意让“死狼”雅克拉发表意见，它们管不能杀死猎物的首领叫“死狼”。

雅克拉揭穿了那些狼让它去追那头精力旺盛公鹿的骗局，还说木格里和狼群在一起一直很和谐，从没违反从来的法律，不应该将他逐出去。这番话让赛亚汗十分不满，它嘶吼着表示人娃娃是它的猎物，让狼群不要听雅克拉的话，要是狼群不将人娃娃给它，它就一直留在这里打猎，让狼群找不到吃的。

布里拉语气温柔地提醒大家十年前狼群有过诺言，何况它曾用一头公牛给人娃娃赎过身，要是它们敢不遵守诺言，布里拉就要大战一场。这话杀气腾腾，让一向对布里拉有所畏惧的狼群丝毫不敢放肆。

雅克拉的声音再次响起，击打着每头狼的心，它知道狼群已经被赛亚汗收买，大家不仅开始吃牲口，还在赛亚汗的教唆下去村子里叼小孩子，它们自己放弃了狼群的荣誉，甘愿沦为老虎赛亚汗的附庸，还叫嚷着要杀掉一个根据合法程序加入狼群的小娃娃，这简直让人不齿。最后，它承诺要是狼群不动这个人娃娃，放他回到村落里，它在临死的时候就不反抗，让它们咬死。

布里拉看了看雅克拉，做好了最后一战的准备，它碰碰木格里的腿，让他上去讲话。木格里上去将火罐洒在地上，火顺势点燃了路边的苔藓，狼群见此纷纷躲避。木格里顿了顿，对着这群和他一起长大的狼兄弟高声地说出他的意见，丛林里他是待不下去了，他会自己离开，但是他可不会像这些狼一样言而无信，就算回到人类中，日后再遇上这些狼他也不会动手，他不做那出卖朋友的事情。

说完这些他走到老虎面前，一把捞起赛亚汗的胡须，狠狠地揍了它一顿，警告它下次再见面就扒了它的皮，老虎灰溜溜地逃开了。木格里又说，他不允许狼群将雅克拉杀死，要是发现狼群没有遵守承诺的话，他就用火烧毁这片森林。说着，他点燃了一堆干树枝向着周围晃动，狼群被这火光吓得四处逃窜。

后来就只剩下雅克拉、布里拉和他自己了，一想到即将离开这片曾生活十年之久的森林，他的心口突然疼痛起来，眼泪顺着脸颊流下来，他以为自己要死了。见多识广的布里拉告诉他，那只是眼泪，不必惊慌，然后抱着木格里，让他好好地哭一场。

回到狼穴，木格里跟狼爸一家说了事情经过，大家都很不希望他离开，并约好就算木格里成了人，还是要经常回来跟他们一起玩。狼爸和狼妈都盼着木格里早点来看它们，它们年纪已经不小了，怕等不到再见的日子。木格里是个信守承诺的人，他恋恋不舍地跟家人告别后，在清晨离开这片森林去见那种叫人的动物。

微点评

嗜血、凶残让野兽之所以称之为兽，可它们身上的闪光点——团结、勇敢、坚定甚至是温情，又模糊了兽与人的界线。穿越心中的阳光，做一只丛林有情狼。

骨头下的友谊

【俄国】**克雷洛夫**

和睦的气息弥漫在院子里，这时厨房门打开了，有人扔出一根骨头。

一只黑狗，一只黄狗。现在它们两个吃饱了，在厨房门口晒太阳，阳光暖暖的，这让它们感到愉快，彼此友好地闲谈起来。它们如同哲人一样谈论着生活、工作，当谈到友情这个问题的时候，两只狗表达了自己的热情。

“你是我的好朋友，咱们两个是多么和睦，世界上有比我俩更亲密的友情吗？咱们这样整天如影随形，相依相伴，相亲相爱，彼此分享对方的喜怒，可真是一大乐事啊。这样欢乐的时光让我感到幸福，我最亲爱的朋友，就算看护院子再疲惫不堪，一想到这些，我就身心愉悦、轻松快乐起来了。”黑狗神气地诉说着牢固的情谊。

黄狗也积极回应道："是啊，我的挚友。想起我们从前的那些小摩擦，何必呢？我们无忧无虑享受着这宽阔的院子，吃得像这样饱饱的，在这里晒太阳，这样和睦多么美好，再也不要争吵了，化解我们的所有矛盾，就让主人看看狗与狗之间的友谊，让人类汗颜吧。"

"让我们永远都这么情投意合，再也没有嫌隙、猜忌、争夺！"

于是，这两只狗提议拥抱一下，狗的拥抱就是彼此握握爪子，然后互相舔着脸。这对亲密无间的朋友，相互追逐着尾巴在院子里高兴地跑着。

和睦的气息弥漫在院子里，这时厨房门打开了，有人扔出一根骨头。两个朋友如同离弦的箭，冲骨头直扑了上去，撕咬争抢起来，咬掉的狗毛纷乱飞扬着。那股热切的和睦情意，消失得无影无踪。

微点评

真正的友情，不只是嘴里蜜糖一样的言辞和热烈的拥抱，而是在利益面前，不会反目成仇，仍旧愿意相互分享。

等待不会来的朋友

【印度】**泰戈尔**

他垂头丧气地回来了。隔天他还是一如既往地坐在花园里等他，希望他有一天能想起这个老朋友来。

俗话说远亲不如近邻，这话一点也不假。如果两位远亲住得又近那真是亲上加亲。马利和他的远方表弟西曼舒就是这样的关系，他们的关系远得你要想认真推算一下可要花费不少时间。

马利比西曼舒大不少岁，因而在西曼舒还是襁褓里的婴儿时，他就能抱着他到处玩耍啦。马利最爱带他到自家的花园里看看花草，顺便给咿咿呀呀的西曼舒讲解点植物知识。自然，西曼舒是听不懂的，然而他还是乐此不疲。

他像每一个宠溺孩童的大人一样，对着西曼舒扮鬼脸，惹得孩子咧嘴大笑，他就觉得无比快乐。他每天都要去那个花园里逛逛，他对天底下一切看起来需要人照顾的弱小生命都怀有一种本能的怜悯。他爱它们，细心照料它们，而花草回报他的是喜人的长势。但是与这些花草相比，他对西曼舒的爱超越了一切。

西曼舒渐渐长大了的时候，开始表现出对周围世界的好奇来。他从书本上学到的任何东西都要跟马利讲一遍，为此，有时不得不添油加醋地“创作”一番，他的记忆里和想象力出奇的好，说不定就跟这个有关呢。

马利总是饶有兴趣地倾听，表现出极有耐心，这事情若换成了别人讲给他听，他会忍不住拍拍屁股走人。但是西曼舒讲得太动人啦——一个从小就在他怀抱里长大的人居然开始讲故事给他听了，这是多么神奇的事情？他怎能感到厌倦呢？

有时，故事漏洞百出，他绝不指出来，他一直微笑着听完。然而，第二天一个人坐在花园的背阴处出神地想。他在花园里常常一坐就是一个下午，没有人知道什么原因。

等到西曼舒放学的时候，人们看见他蹦蹦跳跳地走进花园时，大家就弄明白了，嘿，马利原来是坐在那里等他呢。他每天都在那里等他放学，而西曼舒也从不失约。

这样的好日子也不知过了多久，后来发生了点变化，变化的导火线竟然是一株柠檬树。两家人的院子相邻处有一条水沟，水沟的一面长着一株柠檬树，等到柠檬树成熟的时候，马利家的仆人想去摘，对方却不肯，双方为此破口大骂。

仆人之家的骂战还没有结束，两家主人的骂战又开始了。马利和西曼舒的父亲大吵了一架，还是没有一个结果。两家人只好将这件事诉诸法庭，舌灿莲花的律师们各执一词，骂战又持续了一段时间。双方为了打赢这场官司不知花了多少冤枉钱，恐怕买下的柠檬树都够栽上一大片的了。

最后的结果是马利家赢了官司。法官裁定他们赢了的那晚，他的家里到处是欢声笑语，唯独马利一个人失魂落魄，他担心跟西曼舒的友谊受到影响。他一整夜都没合眼，一会儿怕他不理自己了，一会儿又自我安慰道，像他们那样深厚的情意怎么可能因此改变呢？

第二天黄昏，他还跟往常一样坐在那里等他，只是再也没有过去的闲适心情了。他坐立不安，总是朝西曼舒的家里不停张望。然而失望总归是来了，他白等了一下午，等到华灯初上的时候，他再也忍不住了，冲到西曼舒的家里说："他在家吧？"

"没有！"对方生硬地说，只这简单的两个字就将他们过去那么多年的情分给隔绝了。

他垂头丧气地回来了。隔天，他还是一如既往地坐在花园里等他，希望他有一天能想起这个老朋友来。然而，他多等一天就多一天失望。时间就像他手里的烟一样，升腾、聚合、消散，最终无影无踪，他们过去的一切也消散了。

然而他不死心，希望总是在失望过后的夜里升腾起来。第二天他又跑到园子里，一边抽着烟一边百无聊赖地看着花草。这些从前让他怜爱无比的花草总让他想起跟西曼舒一起讲故事的时光。

他能从午后坐到黄昏，再从黄昏坐到晚间，他不住地给西曼舒找各种借口。诸如“他今天很忙啊”，“他可能吃晚饭才会过来吧”，可是每一次他的解释连自己都无法说服。他望着西曼舒家的大门，还有那一扇扇闪着灯光的窗户，真希望西曼舒会在某一扇窗户口冲他笑着摆手。灯一盏接着一盏灭了，他的希望也跟着灭了。

微点评

外界的隔阂也许会分开两个朋友，但曾经的欢乐时光和心底封存的珍贵友谊，是别人无论如何都夺不走、打不破的。

霹雳虎

【加拿大】**西顿**

等我们赶上前的时候，个头庞大的灰狼已经四脚朝天，霹雳虎也静静地躺在旁边，嘴里还紧紧咬着狼的鼻子。我跑上前去，拍了拍它："你赢了霹雳虎。"可它仍旧一动不动。

有一年的万圣节前夕，杰克给我发了一封电报："送给你一只小狗，让它守护你，你要好好对它。"万圣节黄昏时，箱子送到了，从箱子的铁丝小窗里露出一只小白狗的头，我朝里面望了一眼，它立即凶猛地狂叫起来，仿佛是威胁我，给我下最后的通牒。

我试着把箱子盖打开，就在我横过箱子时，它一下子冲我的脚踝扑过来，我一个箭步跳到了桌子上躲过了一劫。我想，动物是能与人沟通的，即使语言不通它们也能领会人的意思。于是我冲小狗讲道理，谁知它不但不领情，反倒在桌子底下转来转去，甚至企图跳起来咬我。无奈之下，我只得盘腿坐在桌子上抽起了烟，这个杰克还说什么“让它守护你，你要好好对它”这样的话。

接下来的一整个下午，我都盘坐在桌子上，因为它一直盯着我看，只要我一有下来的苗头，它就叫着扑过来。夜幕来临，身边的烟头已经堆满了，小狗也渐渐平静下来，可能是疲倦了，它走到火炉边趴了下来。这时候炉火将要熄灭了，屋子里很冷，我盘在桌子上的腿又麻又酸，腰也乏了，呵欠连天，小狗也困了，走到床底下的毯子里。为了不激怒到它，我只好从桌子上跳到炉子架上，再从炉子架跳到床头柜上，小心翼翼上床躺下。夜里挺冷，过了一会，小狗哆嗦着爬上床在我脚边躺下了。

我胆战心惊，不敢动弹，唯恐它醒了扑上来咬我一口，我用了整整一个小时，从它身边慢慢挪开我的脚，长舒一口气，这才睡了。半夜，它断断续续地大叫了几次，我想大概是翻身或者打呼噜时把它吵醒了。

第二天，我很早就醒了，但我怕一动弹就能把熟睡的小狗惊醒，惹它不高兴，继续安静躺了一个小时，直到它醒来。

因为它总是能像疾风迅雷般冲上来咬人，我干脆就叫它“霹雳虎”，这名字完全贴合本性。休息够了，霹雳虎比昨天平静了许多。

“霹雳虎你这么凶，放在别人那里人家一定会抽你一顿，但我有更好的办法驯服你。”我对霹雳虎说。整整一个白天我没有给它任何吃的，它急躁得抓来抓去，到了晚上，无论我喂给它什么它都听话地吃了。打从那以后，霹雳虎变乖了，我和它睡在一个床上时，它半夜也不再对我的鼾声表达不满，没过多久，我就摸清了它的脾气，我们成了好朋友。

霹雳虎这只小白狗，虽然身形不大，胆子倒是很大，遇到向它丢石头的淘气小子，它从不像别的狗那样急着躲开，反而冲上去对着小孩狂吠，直到把他们吓跑。这只无所畏惧的狗仔，从不把比它魁梧的大狗放在眼里，总是想冲上前去和它们较量一番。有一次，它正坐在马车上，看见路边一只巨型犬在散步，它急不可待地扑上去想要显示自己的威风，结果摔下了马车，骨折了。

我和霹雳虎感情越来越深厚。有时我会到外地去做生意，就把它寄放在女房东那里。霹雳虎总是难改习性，目无一切，总是朝着女房东狂叫，女房东怕它，无计可施，经常给我写信催我快点回家接走它。

有一次，因为工作需要，我去到了一个大牧场，那里的牧场主正训练各类品种的狗，想用它们来猎狼，但主人无法找到一个十全十美的狗种：身材魁伟的丹麦猎狗动作不够敏捷，嗅觉灵敏的狐狗身材太瘦小，古蕾哈温多狗攻击时不够果断，也就只有牧场里那几只伍尔夫犬能勉强对付狼。于是牧主人将各类品种的狗组成了一支狗队，希望他们能在作战时能发挥各自的优势。

但和狼对战的结果总是不够乐观，狗队屡战屡败，老人都说是因为这些狗的胆量太小了。这让我想起了霹雳虎，房东太太正好天天来信抱怨它凶猛无畏。

我灵机一动，为什么不把骄傲大胆的霹雳虎带到这个牧场里呢，它可比狗队里的狗都要勇敢果断，以它的脾气，一定会冲在最前面去挑战狼的，这真是个好主意！牧场主知道了一定会非常高兴。于是我决定让霹雳虎到农场里来，陪我一起工作。

之后，霹雳虎就被送到了牧场，它一来就叫喊着冲我跑过来，人们认定了它是扑上来咬我的，但它只是冲我摇着尾巴，像个小孩子见到父亲一样撒着娇。

第二天一大早，我就带着霹雳虎跟猎人们一起去猎狼了。虽然在此之前牧人们从来没有成功捕过狼，但大家还是领着狗队浩浩荡荡地出发了。霹雳虎紧紧地挨在我身边，一有其他的狗靠近就会吠着将其咬走。

不久，负责侦察的猎人就发现了目标，那是一只在河边饮水的山狗。

山坡上长满了杂草，阻挡了猎狗的视线，它们看不到目标。于是一个马背上的猎人把脚伸给一只叫旦达的狗，狗踩着他的腿纵身跳到马鞍子上，猎人指着河边山狗的方向，命令它冲上去，旦达知会后跳下马去，朝着河疾驰而去，其他的狗也尾随着目标奔去，只有霹雳虎和另外的两只小狗没有跟着跑。

猎人们也朝水边骑去，小心翼翼地趟过水沟里茂密的杂草，防止掉进隐蔽的獾洞里。等我们赶到时，那些猎狗已经将山狗咬死了，围着它们的战果休息。

“干得漂亮！旦达！”年轻的牧人对狗群的表现很满意，顺便嘲讽了一下，“打仗时你的霹雳虎躲哪去了？”

年长的一位牧人对此并不满意，他认为一群猎狗围攻一只小山狗并非什么值得炫耀的事，真正的敌人还没出现。

次日，我们果真发现了真正的敌人，那是一头灰狼，它被侦察的猎人看到了，他们仍旧派旦达锁定目标，带领狗队奔过去了。旦达看上去没有昨天那么威风凛凛，步伐减慢了很多，猎狗群追赶着狼，逐渐消失在视野里。

没一会，狗群就回到了猎人身边，它们看上去有些狼狈，虽然我们没目睹作战过程，但知道狼逃走了。猎人们气愤地责备着猎狗，骂它们是胆小鬼。牧主年轻的儿子也开始嘲讽霹雳虎，说它自始至终都没有参与捕狼。我替霹雳虎辩解着，我的霹雳虎可不是胆小鬼。

没有捕到狼，牧场当天夜里就死了不少羊，那是狼在向我们示威，于是我们决心第二天继续打猎。次日夜幕来临时，我们发现了狼的踪影，我赶忙让霹雳虎跳到马鞍上，“冲上去！”我指着远处的狼跟它说。从马鞍上跳下的旦达首先冲了出去，狗群跟在后面，霹雳虎也瞬时跳下马鞍，跟在后面跑着。我和猎人们立即登上旁边的一个山丘，从高处看着观战。

旦达在追上狼以后死死地咬住了狼屁股，狼反扑过去，后续赶到的猎狗围了上去，冲着狼直叫唤，没有谁敢出手。这时，一个雪球一样的身影冲着狼脖子咬了过去，是霹雳虎！狼闪开了它的攻击，霹雳虎顺势咬住狼鼻子，它们厮打在了一起，此时围观的猎狗纷纷扑了上来将灰狼制服了。

我和猎人们赶紧到了他们作战的现场，地上躺着已经死了的幼狼，霹雳虎的肩上已经血流成河，走起路来一瘸一拐。我抱起了它，将它举到马鞍上，霹雳虎这下可真为我长了脸。我骄傲地冲猎人们说，如果不是它及时咬住了狼，那群胆小围观的猎狗是不敢轻举妄动的。这次经历着实给牧人们上了一课：狗群真正缺乏的是胆量不是数量。

我看着马鞍上受伤的霹雳虎，感到有些心疼，战斗过的草地已经被鲜血染红，它伤势太重。回到牧场我悉心地为它包扎伤口，照料着它。

第二天是万圣节，霹雳虎已经来到我身边整整一年了，我很想陪着受伤的它，但它负伤不能跟我上战场了。于是我们出发了，走了很远很远以后，突然草丛里滚出了一个圆鼓鼓的雪球，原来是霹雳虎跟着我们的脚步来了！它兴高采烈地围着我的马摇尾转圈，看上去有些体力不支颤颤巍巍，我赶紧把它拎上了马背，载着它继续前进。

“前面有一头狼！”负责侦察的牧人指着远方喊道。听到这个，旦达和另一头猎狗跳上马背想要锁定目标，这时它们狼狈撞倒了一起，双双滚下了马，而一直坐在我马鞍上的霹雳虎发现了远处的狼后，跳下马直奔远方而去。我赶紧喊：“回来！”这时它已经跑远了，不一会大猎狗们也赶上了它，跑到了前面。

我们从山谷另一侧包抄过去，想从前面截住狼，给它来个前后夹击。绕过去以后，正好赶上旦达把灰狼追到前面的山坡上了，我同牧人们一道，赶紧纵身下马，在高处观战。我们看到旦达追上了那只个头挺大的灰狼，扑上去咬它，灰狼灵敏地躲开了，反扑过来攻击旦达，看上去惊心动魄。一个猎人立马把枪对准灰狼，准备扣动扳机，却被另一个人阻止了，他想锻炼一下这群猎狗。

狗群还是像上次一样冲上来围住了狼，却只是凶狠地冲狼叫唤着，没有迈出一步。狼将前肢伏在地上，观察着周围，伺机而动，凶神恶煞地盯着狗群，低声怒吼着，仿佛在扬言："我知道我走投无路了，我临死前一定拉你们垫背！谁要敢上前我就把它撕碎！"专门买来对付灰狼的伍尔夫狗很凶猛，但看到地上的狼，它们也止步不前，身材魁伟的丹麦狗也是，虽然狼比它们的身形要小，但它们还是只敢在外围叫喊，不敢冲上去。

这时，草丛里又钻出了那个雪球，是霹雳虎！因为受了伤，被落在了狗群后面，这会儿气喘吁吁地跟了上来。它狂吠着冲向狗群，毫不犹豫地扑向灰狼，狼张着它的大口露出尖利的獠牙，和霹雳虎撕咬在一起。小狗有一种初生牛犊不怕虎的胆量，无畏地扑打着灰狼。地上泛起了漫天尘土，他们在混沌中扭打到一块，传出狰狞的吼叫声，远处的我们看不清晰。

等我们赶上前的时候，个头庞大的灰狼已经四脚朝天，霹雳虎也静静地躺在旁边，嘴里还紧紧咬着狼的鼻子。我跑上前去，拍了拍它："你赢了霹雳虎。"可它仍旧一动不动，"我们回家吧。"我抱起了它，它精疲力竭地哼了一声，我看到它旧伤处已经撕裂了，身上有两处很深的新伤，汩汩地流着血。

牧人们也纷纷围了上来，一位老者掉下了眼泪：“我宁可让我的羊被狼咬死也不想失去霹雳虎。”

它在我怀中瘫了下来，有气无力地哼了一声，舔了舔我的手指，仿佛在对我说：“再见。”然后停止了呼吸，我肝肠寸断，大家默不作声地摸着它的头。我们把霹雳虎埋在了牧场后面的山丘上。微风吹过山冈，仿佛也在诉说着它的传奇。

微点评

哪怕对着险滩急流、烈火猛兽，也勇往直前，小小的身躯里裹着的是一颗勇敢的心。

回不去的曾经

【俄国】**契诃夫**

瘦子听到回答，惊讶得全身颤抖。他感到不安，他的身子，连同所有行李，似乎都在慢慢缩小。顿时，他就像一位驼背佝偻的老人一样，在胖子面前，显得卑微弱小。

胖子和瘦子，他们是两位老朋友，这时候在尼古拉铁路的一个火车站上相遇了。胖子的身上散发着一股浓烈的味道，是核烈斯酒混杂着橙花的味道。他的嘴唇油腻光滑，像一颗成熟樱桃。显然，他刚在火车站的餐厅里吃完丰盛的餐点。瘦子呢，伴随着一阵火腿肠和咖啡渣的味道，只见他双手用力提着许多行李，辛苦地走下车厢。他身后跟着一个瘦骨嶙峋的女人和一个低下头的孩子，这是他的妻子和儿子。

胖子远远看到了瘦子，他高兴地向他打招呼："波罗菲南！真的是你？天啊，我们许多个年头没见过面啦！”瘦子听到胖子的声音，非常惊讶，大声回应道：“是皮沙吗？我的老朋友，你从哪儿来呢？”两位自小结识的朋友久别重逢，紧紧地拥抱着。他们都看到了对方热泪盈眶，彼此都感动不已。

瘦子兴奋地说：“亲爱的，这真是料想不到啊！我竟然在这里遇上你了。你还是和之前一样，那么有派头，打扮也时髦。唉，你看看我的样子……怎么样，你的生活过得还不错吧？应该成家了吧？……对了，这是我妻子路易莎，这是我儿子拉法雷尔，现在正在读中学三年级……看看你爸爸遇到了中学最亲近的同学了！”

瘦子激动地拉过拉法雷尔，但拉法雷尔挣脱了他，往后退了一步，脸低着，礼貌性地摘下了帽子。

瘦子难掩他的愉悦，他高兴地说：“老同学，你是否还记得，当时同学们都怎么和你开玩笑的？那时候，你用香烟将一本公共图书给烧了，所以大家都揶揄你是破坏王。我呢，喜欢告密，结果大家送我一个外号：小间谍。哈哈。”瘦子非常高兴，他看到儿子退缩在他后面，将他拉上前，说：“拉法雷尔，你怕什么呢？”

拉法雷尔一阵羞涩，又躲到父亲后面去了。胖子也觉得很感动，他紧握瘦子的手，问他：“你现在的官做多大啦？”

“亲爱的，我已经当了两年的八品文官了！薪资不是很高……管它了，我还获得一枚勋章呢！以前我只是一个厅里的小科员，现在在这里当一个科长。此外，我还做一些手工。木质烟盒，一个一卢布。要是有人一次性买十个以上，我当然会便宜点卖。我妻子在教音乐，多少填补点家用。你呢？亲爱的。我看你的样子，也许官衔已经到五品了吧?”

胖子微笑着回答：“不，亲爱的。我现在有两枚星章，是一位三品文官了。”

瘦子听到回答，惊讶得全身颤抖。他感到不安，他的身子，连同所有行李，似乎都在慢慢缩小。他顿时就像一位驼背佝偻的老人一样，在胖子面前，显得卑微弱小。但是，他很快就堆砌起一脸笑容来。而他的眼睛，似乎看到了金子，闪闪发光。他身旁的妻子，原本很长的下巴此时变得更长了。他的儿子呢，小心地扣上每一个大衣纽扣，双手垂放，直立在原地。

“我中学的同学……不，大人……那么久不见，您怎么升官升得那么快？都成了一位三品的文官了。”胖子听了瘦子的话，很不受用。他眉头微微皱起，对瘦子说：“好了，我们都几年的朋友了，为什么要还来这一套呢?”瘦子的背弯得更下去了，谄媚地笑着说：“不，那怎么可以。大人，不可以。您那么照顾我，我真应该好好感谢您！……大人，这是我的儿子，拉法雷尔……这是我的妻子，路易莎……”

胖子看到瘦子这副阿谀奉承的姿态，浑身不舒服。他想要打断他，但看到瘦子谄媚的笑容，连话都不想回应，直接回过头去，挥手告别。瘦子呢，还紧紧握住胖子的三个手指头，深深地鞠了一躬。他的妻子笑容都快僵硬了。他的儿子则立正敬礼，不小心将制帽掉到地上。胖子走远了，瘦子一家三口还停留在原地，惊讶不已。

微点评

在最纯真的青春年代里，一切都是简单的，那些年，没有贫富和贵贱，有些人有些事再也回不去了。

我们

已经

长大

笑 着 笑 着 就 哭 了

回首·时光的神偷

岁月匆匆流走，你却无力回头，留一地遗憾，如落叶回望清秋。

菲雅多先生的梦想

【加拿大】**斯科特**

这么多年，人们从没看见菲雅多先生收拾行囊出发，有人问起他什么时候去法国，他总是含糊笼统地说明年，事实上，到最后人们根本不相信这个所谓的明年真的会到来。菲雅多先生一直解释说没有攒够去法国的路费，真实的原因只有隔壁房子的玛丽一家知道。

菲雅多住在瓦格市郊的一个小房子里，那房子不大，却又有一个人人称美的花园，里面开放着这整个教区里最好的玫瑰花，旁边的几个花坛里全是从法国弄来的珍稀品种，到了开花的季节，满园鲜花怒放，简直美不胜收，常有各地的人赶远路跑来参观。

瘦弱的小学校长菲雅多是一个天生的园丁，他不注重自己的穿着，却对园艺十分精通，毫不夸张地说，全瓦格市都没有人能比得上他。拉罗克夫人总是开玩笑地说瓦格市现在这样默默无闻，就是因为菲雅多无法像他在自家花园里种玫瑰一样成功地给小学生们灌输知识。

确实，菲雅多种植花草最为成功，这也是他最大的爱好。只要待在花园里，他就不觉得累，常常一待就是一整天。但是有一点，他走起路来总是犹疑不定，不时转身张望，看上去就像有人在叫他，可是身边的人却什么都看不见。这样的情况频繁地发生在菲雅多身上，不管是在花坛里干活，在井边提水，在火炉旁看书，还是夜深人静的时候，他总是隐隐约约地听见有人在叫他的名字，渐渐地，他甚至常常出现一些幻觉，能够看见那些已经发生或者即将发生的一些事情的场景。

这位令人尊敬的极优秀的园丁另外一个爱好是读书，他特别喜欢法国作家蒙田，常常将蒙田的书籍放在枕边。有一次，天气很冷，他把脚放在炉子旁边，一边取暖一边看书，不料因为看得太入迷而忽略了脚边的炉子，竟然直到拖鞋被烤焦了散发出一种焦煳味才反应过来。

所有人都知道菲雅多先生的梦想是去法国，他的母亲在法国，他已经很多年都没有见到她，而且那里是蒙田的故乡，他十分愿意去那里走一走。他对蒙田出生的小屋了如指掌，那长长的小路尽头是爬满藤架的葡萄枝蔓，旁边的丁香灌木不时散发出清凉的气味，一棵杨树像一个侍卫一样，忠诚地守护着院子里的一切。

他甚至把自己住的地方改造得和蒙田的家一模一样，想象着自己一直就待在法国。只是，这么多年，人们从没看见菲雅多先生收拾行囊出发，有人问起他什么时候去法国，他总是含糊笼统地说明年。事实上，到最后人们根本不相信这个所谓的明年真的会到来。菲雅多先生一直解释说没有攒够去法国的路费，真实的原因只有隔壁房子的玛丽一家知道。

玛丽是个子高高的姑娘，年纪轻轻就承担了养家的重任，一个人拉扯几个弟弟妹妹，把他们抚养长大。从前，玛丽也是个不知忧愁的小姑娘，那是在她父母还活着的时候。那时，她的父亲在一家大火柴厂工作，长期四处收集火柴盒的经历让他产生了一个构想，希望制造出一台前面塞入纸带、后面就能出来完整火柴盒的机器。他对自己的想法感到兴奋，自信满满地认为一定能够实现这样的愿望，开始夜以继日地扑在这项发明上。

玛丽的母亲对此无能为力，领着孩子们一起动手糊火柴盒养家糊口，最终因劳累过度死去。而她的父亲屡遭失败，觉得自己不仅没有成功地造出这样一台机器，还让妻子为此送命，这双重的打击让他一蹶不振，最终选择了自杀。

玛丽那时还小，遇到变故不知所措。幸运的是，菲雅多先生及时地出现了，多年如一日地照顾几个兄弟姐妹，这也是他一直没能攒够去法国路费的原因所在。但是没有多少人知道这事，菲雅多先生也不张扬，甚至也不需要玛丽对他表示感激。每次玛丽要说些什么时，他总是打断她，还安慰她说总有机会去法国的，现在还不是时候。

而现在，玛丽已经是个大姑娘了，早就在独立工作，玛丽的弟弟居伊也有了很好的职业，他们家不需要菲雅多先生的资助了。他终于攒够了去法国的钱，兴奋地向周围的人宣布他要去法国的消息。人们这才意识到原来菲雅多先生要去法国是事实，并非说说而已。打定主意后，菲雅多先生简直按捺不住自己的欢喜，那种多年夙愿即将实现的感觉让他激动不已。他每天都给玛丽讲课，教她园艺方面的知识，今天在讲如何保养开花后的郁金香时，他却一再跑神，心早就不在这里而飞去了法国。

玛丽很为他高兴，帮他整理着要带的衣服，还让弟弟居伊帮忙平整菲雅多先生的花园，好让他为旅行养精蓄锐。此外，她还瞒着菲雅多先生，准备私下把她妈妈以前买的那个全新的马口铁衣箱找出来给他用。可是那个箱子在她家的阁楼里，从前他爸爸就一直在那个阁楼里工作，虽然人不在了，用过的机器还完整地保留在那里，大大的块头，让人不寒而栗。玛丽不敢进去，就命令她弟弟居伊把那箱子找出来。

居伊听话地去了阁楼，他个子高高的，有大大的骨架和黑黑的眼睛，长得跟他父亲小时候一模一样，现在正和姐姐玛丽分担养家的责任，对整个家庭来说，他就是父亲的角色。他对父亲当年的失败非常不解，却一直严格遵守着姐姐玛丽的教导，从不去触碰那台害得他们家破人亡的机器，这一次去拿箱子也打算拿完赶紧出来。

他走到阁楼的时候正是傍晚，太阳光斜斜地照进阁楼，一片金黄，那台机器光彩夺目，就像镶满了宝石一样。居伊情不自禁地上去抚摸了它一下，一声脆响，不知道什么东西掉在了地上。他低头一看，原来是一个小纸火柴盒，盒子外观有点破损，似乎是没有切割好。居伊转动着机器的轮子，掉落出来一个个同样受损的小盒子，他有点纳闷，觉得这个问题并非无法解决，父亲何以次次失败呢？

玛丽用居伊拿下来的箱子给菲雅多先生装好衣服，等到假期一来，不必给孩子们上课，菲雅多就要飞去法国了。这一天夜晚，玛丽隐隐觉得不安，她拉开窗帘远远地看见阁楼上有模糊的灯光，莫名的恐惧从四面八方袭来，她飞快地跑上阁楼，一打开门首先映入眼帘的就是居伊在机器上忙碌的身影。这样的一幕简直让她怒不可遏，她愤怒地对居伊喊叫着，要他遵守自己的诺言，赶紧离开那台机器。可是居伊这一次并没有想象中的顺从，他义正词严地说要弥补父亲的不足，制造出真正完好的机器，到那时候他们就可以靠这个发大财。

玛丽无奈地说告诉他，菲雅多先生这些年已经为他们付出的够多了，要是居伊像他们的父亲那样一头扑在这个发明上，菲雅多先生就得继续为他们家操劳，可能永远也去不了法国。居伊却坚称他能用这个机器完成制造火柴盒的任务，等他们发财了就分一部分钱给菲雅多先生，全程资助他去法国。两人争吵不休，玛丽想尽了各种办法限制居伊进阁楼，可是每次他都能成功地溜进去，然后整晚不睡觉费心研究，阁楼的灯次次亮个通宵。

弟弟妹妹们很快发现了异常，他们聚集在一起讨论，对哥哥的行为好奇不已，还跑进阁楼陪着哥哥工作。玛丽对此极力隐瞒，算着日子六个星期后菲雅多先生肯定已经去法国了，就撒谎说居伊出差六个星期后才回来。

可她越是隐瞒，菲雅多先生就越是觉得不对劲，直到有一天他无意中看见了玛丽家阁楼上彻夜不熄的灯光，那灯光让他做出了一个大胆的猜测。一天，菲雅多先生实在放心不下，趁着天还没完全黑下来，偷偷地溜进了阁楼，那时居伊正忙于画草图，一点也没发觉有人进来。而菲雅多先生看着居伊像他父亲从前一样坐在微弱的灯光下紧张地忙碌，知道自己的猜测得到了验证，悄悄离开回家了。

那一整夜，菲雅多先生根本一点睡意也没有，他烦躁地在花园里来回走动，在自己的职责和梦想之间反复徘徊，最终他如释重负地松了一口气，看上去好像做出了什么重要的决定。

第二天，菲雅多先生起得很早，他放弃了为旅行作的各种准备，仍旧在花园里忙碌，有人询问他什么时候去法国，他又恢复了往日的回答，告诉别人明年，明年就去。所有人都以为菲雅多是在开玩笑，但是假期过去了，他还没有动身的意思，人们这才知道菲雅多暂时真的不去法国了。菲雅多本人呢，他一点也不觉得遗憾，一如既往地过他的日子，好像什么都没发生过。只是，他逐渐地出现越来越多的幻觉。

有一天，他突然告诉玛丽他放弃了去法国的打算，因为他母亲去世了。玛丽异常震惊，她不知道这样的消息是从哪里传过来的，要知道他们这里通信非常不方便。而菲雅多先生没有告诉她的是，那天早晨，他正在花园里照看花草的时候，幻觉又出现了，似乎有人在轻声地叫他，“菲雅多”，“菲雅多”。他眼前渐渐出现了一幅景象，一个戴白色帽子的老年妇女闭着眼睛，神情安详地坐在椅子上，就像睡着了一样，旁边的年轻妇人悲痛不已，不停地哭泣。画面只维持了短暂的几分钟就慢慢消失了，而菲雅多的眼中已经积满了泪水，他知道发生了什么，那些幻象并非毫无根据。

微点评

一个人拥有梦想并不是多么高贵的事，但他愿意为实现别人的梦想而放弃自己实现梦想的机会，这样的人就算平凡地沉寂在人群中，也湮没不了他无私的光辉。

趴车“朋友”

【西班牙】**伊巴涅斯**

后来，我胆战心惊地尝试扒火车，现在好了，我已经习惯了，动作也敏捷多了，搭着火车半夜就能到家，第二天可以同孩子们玩了。先生，我最小的孩子刚会蹒跚学步，可是每次回家他都会在门口拥抱着迎接我，这个机灵的小家伙！

报纸上说，火车轨道上碾死了一个人，这人其实曾与我有过一面之缘，他给我留下了深刻的印象。

回想遇到他的那天晚上，我因公务四处奔波，经由邮车换乘火车去出差。到车站时，我孤身一人，因为一路颠簸而感到疲惫不堪。值得庆幸的是，我所在的那节头等车厢人很少，显得安静空旷，这正合我意，我可以一个人享用所有的大枕垫，四平八稳地躺着，舒舒服服地睡个好觉了。

疾驰的列车在荒无人烟的旷野上呼啸而过，车站间有足够远的距离让火车一直加速前行。我拉上窗帘，房间昏暗温暖，我睡意蒙胧，一头扎进宽阔的大枕垫上，裹在毛毯里。火车飞奔一样，使得车厢摇摇晃晃，像得了风寒的关节一样吱呀乱响，地上的行李箱上下跳动着，我的身体随着车厢颠簸，也翻滚着。窗子微微颤抖的声音和着车轮在轨道上的摩擦声，仿佛有节奏的摇篮曲一样，疲惫不堪的我在这种声响中昏昏睡去了。

列车持续前行。半夜，我被冻醒了，一阵寒意扑面而来，把我从黑暗中推醒。我环顾四周，车厢的门窗都封闭着，可是明明就觉得冷风出现得不明不白，带着车外的寒气越来越大。我起身朝最近的小门走去，睁着惺忪的睡眼模糊看到，门洞大开，门框上坐着一个身形瘦小的人影，我迷迷糊糊地觉着他缩着身子，在黑暗里用闪闪发光的幽灵般的眼睛看着我。我顿时清醒起来，这或许就是报纸上那些打家劫舍、袭击铁路、杀害旅客的强盗！我感到惶恐不安，整个车厢可是只有我一个人的，没有任何帮手，我该如何求救？

车外的寒气侵入我的心脏，带着恐惧，我倒吸一口冷气。

不知哪来的一股勇气，我突然朝他猛扑过去，将他连推带搡顶了出去。他趔趄了一下，差点就倒在了地上，一只手死死扒住了门框。也许是出于恐惧或自卫的本能，我继续朝他推去。

眼看我就要将这个恶棍推出车外了，他忽然用颤抖的声音乞求我：“饶了我吧，先生，我只是个农民。求求您了。”他的声音里充满了惶恐，让我有一种欺凌弱小的愧疚感，他满眼期待地望着我。

我随即松开了手，顺便拉开了灯。这时，他哆哆嗦嗦地捂着胸口，重新一屁股坐在门框上。他并没有想象的如幽灵般凶神恶煞，而是一副老实巴交的模样佝偻着，又黑又脏的上衣打满了补丁。黑帽子下是同样黝黑的面孔，因为刚才的一幕而显得扭曲不安，双眼像大多数毕生劳累的农民一样，质朴温顺，看我停下了手推搡他，他甚是感激，讨好似地冲我尴尬地笑着。我甚至为自己刚才的粗暴而自责。

黑暗里，他将手伸进了腰间摸索着什么，我刚刚放松下来的警惕性瞬间又提了上来。万一他掏出一把枪怎么办，毕竟不知底细，这乡野村夫很可能会恩将仇报一枪毙了我。

我正思索该如何接招怎样制服他或者逃走，这时，他从腰间伸出了一只脏兮兮的手，上面有一张皱巴巴的暗黄色纸片。他开始咧着嘴腆着脸皮说："我也有票，先生。"

借着灯光瞅了一眼，我笑道："别在我眼前玩这种小把戏了，拿一张过期废票来滥竽充数！"他看到自己的诡计被拆穿，悻悻地低下了头，重新恢复了初始时凄惨不堪的样子。我心想，可能他是怕我反悔，再次将他推出火车。"你用这种伎俩来扒火车实在不应该！"我呵斥了一下。转念一想，我似乎不应该对一个可怜兮兮的人这样凶狠，他看上去并没有什么威胁，也许只是个无奈的穷人。我开始放低声调，用稍友好的语气说："既然爬上来了，那就到里面坐会吧，这里太冷了。"

他抬起头："不用了，先生，我没钱买票，不应该坐在里面享受有钱人的待遇，我还是站在这里好了。"他语气坚决地坐在门框上，冷风继续灌进来。

睡意全无的我干脆也坐了下来，他看着我，眼睛里露出复杂的神情，茫然不知所措。我递给他一支香烟。他开始吸了起来，烟头在门口的黑暗里忽明忽暗，烟雾伴随着阵阵冷风吹进了客房。我俩沉默着，唯有火车轮子嘎达嘎达的声响回荡在我们之间。在判定了我并无恶意后，他开口打破了寂静："谢谢你，好先生。"

他开始跟我交谈起来，说自己因为没有钱，每个礼拜都会冒着生命危险扒火车。

"每周六都是这样，趁着夜里跳到车上，一不留神就可能被车轮子碾碎了。"他抽了一口烟，继续说道，"好不容易跳上车后，我还得悄悄在车厢间躲来躲去，找个人少的地方藏起来，免得被那些铁面无私的乘务员或者乘客碰到，他们可痛恨我这样的穷光蛋了，费尽心机要抓我。还好今晚遇到好心的您了。"

我对他的话感到震惊，车子开得很快，尤其是在漆黑的夜里，扒车随时可能丧命。

"那你为什么要冒这个险呢?"

"我没有钱哪。"农民尴尬地笑了，"我在外地打工养活一家子，老婆孩子在远方的家里，刚开始的时候我曾尝试着徒步走回家看望他们。走了整整一夜，回到家天就大亮了，我也精疲力竭，根本没精力同孩子们玩耍，宝贝们可是我埋头苦干的动力啊！后来，我胆战心惊地尝试扒火车，现在好了，我已经习惯了，动作也敏捷多了，搭着火车半夜就能到家，第二天可以同孩子们玩了。先生，我最小的孩子刚会蹒跚学步，可是每次回家他都会在门口拥抱着迎接我，这个机灵的小家伙！”他看上去心满意足。

我不禁问道：“可你没觉得这样会随时丧命吗？”他笑着对我说：“只要不滚到车轮子底下，没什么大碍。久经沙场，我已经熟练了，我已经足够灵活爬上或者跳下去了。”

“其实我并不害怕疾驶的火车，它不会说话，不能抓住我，让我恐惧的是车上的人。”他跟我叙述着自己因为要找人少的车厢藏着，经常不小心惊动了车上的人，尤其是安静的头等厢，受惊的人经常会大声呼喊，或者像我一样把他当成十恶不赦的强盗推下车去。

“好几次我差点没命了，一次是夜里撞到了一个睡觉的壮汉，他把我丢了下去，另一次是不小心打开了女客房的门，被她们尖叫着赶出来，我只得跳了车，走了回去。”黑暗里，他抽着剩下的烟头，“唉，这也情有可原，是我把他们吓坏了，人家这样对待我也是出于自卫，而我呢，自作自受没什么可抱怨的。可是我怎么办呢，实在是想念孩子啊！”

汽笛声响起来了，车子放慢了速度，开始进站。他警觉地跳起来：“警报响了，那群人一定在找我，我该走了。”

“离你家还有些路程呢，我替你买了票吧。”我望着窗外人迹罕至的荒原，担忧道。

“谢谢你，先生。”他将帽子戴到头上，讲出了自己的担忧，“但这不行啊，乘务员们会认出我来的，他们三番五次差点抓到我了，我不想让他们看到我的长相。”

他把烟头踩灭，抓住车厢外的条板：“你是我在火车上遇到的最善良的人，祝福你先生。”说完就消失在了黑夜里。

火车进站，停了下来。

“你到那边截住他！可别让他跑了！他就在那边……快，来个人到车顶上去！”刚要躺下继续休息的我听到车外熙攘的叫声。原来是铁路员工和几名警察发现了扒火车人的踪迹，在追捕我的这位“朋友”。车厢开始颤抖，车顶上传来一阵剧烈的脚步声，我打开面向旷野的窗户，看见一个身影着急地跳下，他摔倒在地上，挣扎了一会爬起来，跌跌撞撞地跑向远处，渐渐消失在了夜色中。

看见乘务员和宪警在月台上怒气冲冲地交谈，怨气颇重地说：“一个寄生虫，从来不买车票的扒车人，我们早就和他打过几次交道了，这个无赖，我们早晚会抓住他，把他送进监狱的！”

从那以后，我再也没见到过这位扒车的“朋友”，不知他过得怎么样，是不是还在深夜的寒风中从荒野的某处，伺机而动，冲着呼啸着的火车冲上去，只为了回家看自己可爱的孩子，做着重复危险的举动。

距那个偶遇他的夜晚已经四年了，每每我坐上火车，就会在各节车厢间穿梭，搜寻那个寒酸而又勇敢的身影，我也不知道为何我会有这样的举动，或许是为他爱子心切的眼神而感动，或许是为他英雄般挑战火车的姿态而触动，又或许是同情怜悯他的贫穷。他在夜色中躲避追捕趔趄远去的身影使我久久难以忘怀。

直到看到了今天的报纸，在离扒车人家乡不远的铁轨上发现了一具尸体，已经被火车压得面目全非。我有预感那一定是这位朋友，因为冒险总会付出代价的，或许是他失足跌落，或许被乘务员和警察追到走投无路，又或者他不再幸运遇到我这样有怜悯之心的乘客，一切都不得而知。

微点评

比起锦上添花，雪中送炭的感情更让人珍视，萍水相逢的温暖情谊把这一面之缘深深刻进脑海，伴我前行，多远的旅途都不会孤独。

我与帕克

【美国】**杰克·伦敦**

它状态极佳，肌肉饱满结实，像钢铁一样坚硬，皮毛光洁如丝绸，它高傲地站立着，散发着均匀比例的美感。

帕克在上一个主人那里受尽了虐待，它被好心的赛登救回来的时候已经奄奄一息。那时赛登养的另一只母狗照料着帕克，像母亲那样关怀爱护着它，另外的大黑狗也友好地对待它，帕克就和他们俩成了朋友。就这样，帕克留了下来，在几个月的休养以后，它肌肉松弛了，比起在旧主人那里拉雪橇时，更胖了一些，也懒惰了。

说起懒惰，主人赛登也在这春天里消磨时光，疗养着被冻伤的跛足，在河边等待木排回来，和他的合伙人一起出发。

帕克非常爱赛登，这是它以前从未经历过的事。在前几任旧主人那里，帕克只是他们的工作伙伴或奴仆，而赛登对它大不相同，他不是因为利益而关心狗，而是像对待一个真正的人那样关爱帕克。他总是春风般亲柔地打招呼，带着狗狗们做滑稽可笑的游戏，同它们说贴心的鼓舞的话，有时还拥抱着帕克的头摇晃。每当受到这种拥抱的推搡时，帕克都感觉很快乐，它也会表达爱意，把赛登的手衔在嘴里，在他手上留下牙印。

赛登一放开它，它就一跃而起，站在他面前，喉咙里发出意味深长的无声震颤，一动不动地陪他站着。赛登发自内心地赞叹，狗是多么通情理。

长久以来，帕克一直在更换着主人，它不想离开这位好主人赛登了。伤刚恢复，它就寸步不离地守着赛登，即使在睡梦中它也存着惶恐不安，常常醒来走到主人帐篷里听着他的呼吸。可是帕克却不像主人的另外两只狗那样主动求亲近，那只慈祥的母狗每次都会拱赛登的手掌，大黑狗也把脑袋贴在他的膝盖上。而帕克总喜欢注视着赛登的脸，观察着他的神情和动作，表达着自己的崇敬。赛登也常心领神会地回过身凝视帕克的眼睛，他们相互闪烁着内心的灵光。

属于荒野的帕克，身上还保留着野性、狡黠以及北国的原始本性。但同时它也被文明潜移默化着，它对赛登深切的爱就是文明作用的结果，还有它的忠诚和献身精神。帕克也许会老练地偷别的营地的东西，也许会和别的猎狗打斗，但它不会对赛登的住所下手，也不会攻击赛登养的那两条温顺的狗。从前，帕克总是靠跟敌人无情的决斗来定胜负，成者为王会生存下来，败者为寇或许就被残忍地杀死，这是自古以来它们都要服从的法则。

帕克身上，有着古老岁月和原始气息的痕迹，它连接起了过去和现在。它体内甚至涌动着野狼的影子，催促它、激励它，品尝它吃进的肉、喝下的水，教它聆听风声，给它讲解丛林野兽之音，支配着它的行动。帕克不能抗拒这野性的呼唤，一听到森林深处回荡的呼唤，这具有神奇感染力和诱惑力的呼唤就拉着它向前奔跑，它冲动着要离开这文明的土地，去往深处未被人践踏过的原始地方。可是每当它踏上脚下这柔软稀松的泥土，对赛登的爱就把它重新拉回篝火旁。

赛登是帕克唯一牵挂的人类，其他偶尔路过的人或许也对它爱抚和夸奖，它都冷淡对待。在长久的等待过后，赛登的伙伴汉斯和皮特终于乘着木排而来了。帕克对他们不理不睬，只是看在赛登的面子上不会抗拒他们对自己的宠爱，而这两个人在了解了帕克的经历时，也不强求它像其余的狗那样回馈亲热。

它对赛登的爱与日俱增，只要赛登一声令下，帕克都会义无反顾地冲上去。有一次，赛登指着一个陡峭的深渊，对帕克开玩笑似地说："跳！"帕克在冲向深谷的一瞬间，赛登一把拉住了它。大家惊呼不已。彼得说："这太悬了！"赛登摇着头："不，这真的很棒，但是我为它的勇猛心惊胆战，有时会害怕。"

赛登的担忧变成了现实。那是在阿拉斯加的一家酒吧里，赛登好言相劝那个恃强凌弱的派顿，派顿不领情，给了赛登一记重重的拳头，赛登被打倒在栏杆上。帕克怒吼着一跃而起，扑向了派顿的咽喉，幸亏那人拿胳膊挡了一下，否则早就命丧黄泉。帕克把仰面朝天的派顿脖子咬了一个大口子，人群和医生围上来的时候，帕克仍旧在圈外打转咆哮。从那以后，帕克开始名扬阿拉斯加。

后来，帕克又救了赛登一次。那时赛登和两个搭档在一条充满漩涡的湍急河流地段放船，汉斯和彼得在岸上拉住船的绳索，赛登在船里撑篙发指令。帕克目不转睛地看着主人，忧心忡忡，心急如焚地在岸上随着船奔跑。

船被放到了河心，赛登抓着岸上的绳子准备登陆，这时一个激流打来，船翻了赛登掉进了水里，水流把他朝漩涡密布的地方冲去！

帕克立即跳入河里，朝赛登游去，在一个漩涡前面，赛登终于抓住了它的尾巴，它使出浑身力气朝岸边游去，然而水流使他们行进艰难，在擦过几块锋利的岩石过后，赛登知道他们不能上岸了，在惊涛骇浪里，他攀住一块露出水面的石柱，放开了帕克："快走！帕克！"

帕克被激流冲到了下游，它看到水中的赛登已攀住岩石，竭力地朝岸边游去，精疲力竭几乎就要葬身河底的时刻，彼得和汉斯把它拖上了岸。

他们看到赛登攀住滑溜溜石头的手已经分开了，知道他快坚持不住了，彼得把一根绳子拴在帕克身上，好防止被冲走，它再次勇敢地跃进激流，朝赛登奋力游去，眼看就要够到赛登的时候，一股锋利的浪花袭来，再次把它冲偏了。

彼得不得不把帕克拉回岸，这次帕克大口大口喘着气，不停地吐着水，水里的赛登声音变得微弱了。帕克摇摇晃晃地站起来，又栽在了地上，几次尝试后终于下了水。这次有了经验，帕克选择了最直的路线游去，胡乱扑腾着水，尽最大力靠近了赛登，用前肢抱住他的脖子。赛登拉住狗身上的绳子，擦着岩石和湍急的河水跌跌撞撞上了岸。

赛登一头倒在岸上，他看着帕克微弱得气喘吁吁，不顾自己遍体鳞伤，爬到它身边，发现竟然断了三根肋骨。他们一行人就地宿营，直到帕克的肋骨完全康复。

那年冬天，帕克再立新功，它的声望在阿拉斯加再次刷新。在酒店里，人们纷纷吹嘘着自己的爱狗，当然，帕克也成为话题中心。有人说自己的狗能拉动载重五百磅的雪橇，另外一些人附和自己的狗能拉动六百磅，不久这个数字就被抬升到了七百。赛登更是不示弱，说帕克不仅能拉动一千磅的雪橇，还能拉着前行一百码。

不服气的莫修把一袋子钱币甩在柜台上，说："我拿一千块打赌，它拉不动。"人群静默了，大家都觉得这下赛登该为自己吹嘘的大话栽跟头了。

据以往的观察，赛登对帕克很有信心，但是他没有一千块，他环顾四周，冲着酒吧老板低声问："你能借给我一千块吗？"老板也想探个究竟，他暗自认为帕克拉不动一千磅的重物，他给了赛登一千块。

莫修更是把此事往前推了一把：“门外就有现成的雪橇，上面正好载了一千磅的面粉。”

人群开始躁动起来，大家沸沸嚷嚷地停下手中的活儿，纷纷跟着下赌注。不一会儿，雪橇周围就围了好几百人。天气寒冷，厚重的雪橇早已结结实实地冻在了雪地上，大家以三对一的下注条件，打赌帕克打不动，没人相信它能拉动。赛登也开始变得忧心忡忡起来，莫修却得意洋洋。

面对莫修挑衅地嘲笑，赛登激发了斗志，这种决心足以超越胜负，他和同伴凑了两百块加入了赌注。人们动手从雪橇上解下本来用来拉面粉的十条狗，把帕克套上挽具，它状态极佳，肌肉饱满结实，像钢铁一样坚硬，皮毛光洁如丝绸，它高傲地站立着，散发着均匀比例的美感。看到这样完美的帕克，人群里变得嘈杂，把赌注的比例降到了二比一，跃跃欲试的呼声更高了，大多数人还是认为一千磅的面粉实在是太庞大了，帕克不可能拉动。

人群中甚至出现了一个富人要用八百块把帕克买下，赛登拒绝了，他跪在帕克身旁，双手捧住帕克的头，把脸贴在上面，凑近它的耳朵轻声说：“你爱我帕克，你爱我。”帕克抑制住冲动，呜呜叫着，帕克把他的手衔在口里，咬了咬，这是在回答它的爱。人群看着感到莫名其妙，仿佛赛登在施一种神秘的法术。

赛登退到远处，大喊一声：“驾！”声音尖利，划破夜空。帕克聚紧了浑身的肌肉，把缰绳绷直了，猛地向右甩直冲，雪橇底下传来了咔嚓冰碎的声音。

“驾！”赛登重复着。帕克又向左甩，向前冲，雪橇底下咔嚓声响更大了，滑板开始移动了几寸，忽然崩脱了冰面，人群屏住呼吸。

“加把劲！”赛登大喊着。

帕克一抖擞，收拢了身体，抽动着肌肉，使出了浑身的力气，缰绳被绷得紧直。它因为过度用力而把宽阔的胸脯伏在地面上，脑袋贴近地面，爪子疯狂地抓着硬邦邦的雪地。雪橇在晃动中开始向前挪动，帕克颤抖着身体，雪橇开始平稳向前移动，帕克也停止了打滑渐渐前行。紧张到停止呼吸的人群开始欢呼，雪橇渐渐移动过了终点，围观的人一片沸腾，奔走相告着喜讯，激动得语无伦次。

赛登冲上前去抱住帕克，长久而热烈、温柔而亲切地拥抱着，那个提出买狗的人凑过来说：“我出一千二百块买下它！”

“见鬼去吧！先生！”赛登溢满双眼的泪水顺着脸颊淌下来。

帕克衔住赛登的手，人群仿佛明白了什么，纷纷退去，不再打扰拥抱着的他们。

微点评

也许它永远改不掉身上原始的野性，但在经历同呼吸共患难后，他们惺惺相惜，那份野性也许就转化成了文明的、沉甸甸的爱。

大洋彼岸的爱丽丝

【法国】**巴尔扎克**

忽然，有天我收到一个包裹，来自爱丽丝的家乡，可是字迹不是爱丽丝的，很陌生。我充满好奇和疑窦地打开了包裹。

在我漫长的人生旅途中，用二十年的时光经历了一件事。在这件事宣告终结时，我才悟出了一个人生真理。原来事情再小，也足以成为一生中最重要的经历。

这件事从我二十一岁进入大学开始。当时找个笔友互通来信，是一件很流行的事。在我班上，就有许多同学和没有见过面的朋友远洋通信。甚至在一本很畅销的孟买杂志里，我还看到了来自世界各地朋友刊登的“寻人启事”，他们需要一位年轻的印度笔友。大家都那么热衷，于是我也决定试一下。

我找到一位名叫爱丽丝的美国人，住在洛杉矶。为了成功打动她的心，我特意选用了一本很贵的信纸簿，还向女同学咨询，如何获得女性的好感。女同学告诉我，要是收到一份写在粉红色信纸上的信，她会很高兴。

于是我就照做了。我小心翼翼地在粉红色信纸上写下每一个字，就像一位第一次参加考试的小孩子一样紧张。我边思考边写，也不晓得该写些什么。直到将信装进信封，投进信箱时，我仍然感到自己像在接受一场审判。

等待遥遥无期。其实，回信的速度很快，来自遥远的加利福尼亚州。爱丽丝在信上写下的字，我至今记忆犹新。“朋友，我可从来没有征求过笔友，也不晓得为什么我的联系方式会登上贵国杂志的笔友栏。不过，能收到一封遥远的陌生朋友的来信，我还挺幸运的。好吧，我愿意当你的笔友。”

这封信短短几行，却被我反复翻看了好多遍。它就像天籁一样，歌颂着生命的美好，令人沉醉。

用爱丽丝的母语和她通信，她写来毫不费力，我写起来却要绞尽脑汁呢。但是，我仍然一字一字地写，生怕写错一句话，冒犯了这位美国少女的心。我将感情注入每一个字中，但丝毫不敢透露藏在心底深处对她朦胧的情愫。爱丽丝的回信反而大方，她笔迹端正，经常会讲些道理。但对于情感方面，她只字不提。

我们的友谊随着信件的增多而加深。爱丽丝一定生在富人之家，是一位美丽雅致的千金。因为她总会给我送来许多礼物，有书籍和杂志，还有许多精致的小物件。总而言之，我们算是真正的朋友了。

只是，我仍然不知道爱丽丝的芳龄，毕竟询问女性年岁是一件不那么礼貌的事。因此，我换个方法，希望她给我一张照片。但是，爱丽丝的来信上说，她这时候身旁没有好看的照片，以后也许会补上一张给我。她还顺道一提：美国任何一个普通的女性都比我美丽多了。我也只好无奈地笑过。女人的把戏就是那么多。

和爱丽丝通信的时间久了，彼此间的好奇和兴奋都减弱了不少。我们通信的频率也少了，断断续续的，但没有终止过。

我依旧会在她生病时写信慰问她，在节日时送她卡片或者一些小礼品。后来，我找了工作，娶了妻子，生了儿女。当我将爱丽丝的信件给家人看时，大家对这位生活在彼岸的女子都感到好奇。

通信本已平静。忽然，有天我收到一个包裹，来自爱丽丝的家乡，可是字迹不是爱丽丝的，很陌生。我充满好奇和疑窦地打开了包裹。

在包裹里放着许多本杂志，以及一封短短的信件。上面写着：

您好，我是爱丽丝的朋友。很遗憾地告诉你，爱丽丝在上周天做完礼拜后，在回家的路上遇上车祸，不幸逝世了。她的眼睛有些花了，不能看清楚汽车呼啸而来。一个七十八的高龄老人，孤独生活着，难免啊。爱丽丝是个好心人，无论认不认识，她都愿意施与援手。她经常向我提起你，收到你的来信，她很高兴。最后，请您接受她最后的礼物吧。她嘱咐我，等她死后才能寄给你。

在信件后面附着一张照片。我看着照片里的人，慈祥，和蔼，同样美丽。即使我是一位大学生，对这张脸也觉得敬重和珍爱。

微点评

万水千山不是距离，年岁差距不是问题，友情不会被时空隔断。

紧绷的神经

【法国】**莫泊桑**

不对，不会就这么简单，他们一定是躲在走廊里噤声听着或者趴在锁眼上瞧我呢，走廊里传来悉悉索索的细微声响。

吃晚饭的时候，朋友们都在夸张地笑着，我和他们相交多年，对他们的脾气习性了如指掌，知道这些人是惯于爱开玩笑和搞恶作剧的。所以他们夸张的笑声让我时刻警惕，我总觉得会有个什么东西突然跑出来吓唬我一下，好满足他们恶搞的乐趣。

这样的戒备心理我已经持续整整一天了。从早晨我到朋友家开始，我就觉得气氛不对劲，他们像是早计划好了要捉弄我，种种迹象让我不得不防备。我们每年秋天都会相约一起打猎，今年也是，可今天我刚到这里，他们就用不同于往日的热情接待我，欢呼雀跃着，仿佛我是重要的来宾，甚至还冲天空放了几枪。我嘀咕着，这可能是他们相约好了的暗号，好让我无提防地出洋相。

现在，这只不过是再普通不过的一顿晚饭了，可是朋友们的兴致高涨，哈哈大笑着，他们的每一句低语、每一个眼神，都刺激着我的脑神经，空气都预示着异常，一场恶作剧必然将会在接下来的某一秒钟里爆发。他们的酒杯碰在一起，叮咚作响，似乎在提前庆祝着一个小阴谋的得逞。让人煎熬的晚餐终于结束了，他们提出要送我回房间。

可能就是现在了，他们就要下手了！我心里咚咚直打鼓，但是他们把我送回房间道完晚安就走了。不对，不会就这么简单，他们一定是躲在走廊里噤声听着或者趴在锁眼上瞧我呢，走廊里传来的细微声响。我立刻检查了门后、烛台、床底甚至是柜子里，每一个角落都仔细地检查着，天知道他们的手段到底有多隐蔽。

我一定要谨慎，决不能成为大家的笑柄。他们很可能从窗户爬进来，我把窗帘紧紧地拉好，不漏一丝光线，在窗边顶了一把椅子，这样就不容易进来，并且一有声响我就能醒来了。我点燃房间所有的蜡烛，仔仔细细勘察了每一个角落。难道这张可疑的床上有机关？或许床已经被他们整得七零八落，就等着我躺上去的时候摔个人仰马翻呢？

我小心翼翼地把床垫子拖到地板上，决定远离这张床，在房间正中央我重新铺好床垫子和床单，把枕头放在对着门的地方，这样一旦门外进来人就会首先进入我的视野。一切整理妥当，我疲惫不堪，困意袭来，我吹灭了蜡烛，躺倒垫子上，在黑夜里尽量保持清醒，楼上传来一阵咳嗽声都足以让我心惊胆战。但紧绷了一天的神经，实在让我精疲力竭了，不久就昏昏睡去。

不知多久后，我忽然被惊醒了，因为一个人砸落在了身上！我的脖子上、脸上也被浇上了滚烫的热水，在黑暗里皮肤仿佛被灼伤了，我惊叫着，伸出手将那人推开，给了他一记重重的拳头！

这场恶作剧最终还是发生了，我睁开惺忪的睡眼，抬起尚未清醒的脑袋，跳了起来，打开门冲到了外面，此时天已经大亮，只因我昨晚把窗帘拉得太紧没有意识到这是早晨了。朋友们听到我的大叫声，都匆匆跑了过来，只看见我穿着被浇满热牛奶的睡衣，狼狈不堪地站在走廊里，屋里我临时搭的床垫子上，趴着给我送早饭的男仆，他捂着被我打得流血的鼻子。

朋友们被眼前的场景笑得前仰后合，有些还坐到了地上捂着肚子捶打着地板，有些笑得流出了眼泪。原来，男仆摸黑进来给我送早饭时，被地上的我绊倒了，才导致了这场笑话。我一直惴惴不安地担心自己成为小丑，结果被自己导演的闹剧给推上了台，我最终还是成为了笑料。这件事足够他们嘲笑我一年的了。

微点评

过度担心被戏弄和关注自己的形象，反而会引发朋友间的信任危机，何不放轻松，嬉笑怒骂间，友情便会沉淀得更厚实。

我们

已经

长大

笑 着 笑 着 就 哭 了

念念·夏秋两重天

过完这个夏天，再美的盛放都得收敛，变成果实去往秋天。

桔子香甜

【日本】**芥川龙之介**

她的半个身子都伸到了窗外，那双难看的小手挥动着，从包里拿出几颗颜色鲜艳的橘子，扔向小男孩们。

这列客车从横须贺开往东京，在软席车厢的角落里，我就在那儿，呆滞地望着窗外的天空，冬日的傍晚总如鬼域般阴沉。我在等待列车发动的铃声。

诡异的气氛布满整个车厢。没有其他人影，只有我的影子在灯光的照射下，沉寂地躺在车厢的角落里。窗外，月台没有任何光芒，往日送客接客的人影都蒸发了，只剩一只小狗，在笼子里发出骇人的吠声。然而，这个情景似乎很合我的心境。困顿，劳累，使我脑中白茫茫一片，就像雪即将覆盖整个天地一般。没有丝毫精力，我只能将双手摊着，死气沉沉地坐在座位上，连翻看报纸的力气都没有。

铃声响了，像一阵清风，令我略感清爽。我得到短暂的放松，将头舒适地靠着窗沿，等待着窗外的车站慢慢地向后移动，直到消失。可是，天地像静止一样，车站并没有在铃声响后消失在后方。烦躁。忽然，尖锐的木屐敲打着地板，从检票处传了过来。一个小女孩，十三四岁，在列车员的叫骂声中，着急地跑上了车，跑上了我的车厢。

火车震动一下，缓缓地开动了。窗外，孤独伫立在月台的电柱，被抛弃了的运水车，还有那位对着车厢弯腰道谢的搬运夫，所有一切被无情地抛弃在身后，被火车残暴的运行声，绞杀在沉闷的轨道里。我点燃一支香烟，心随着火车启动而放松下来。在吹出的烟雾中，坐在我前面的小女孩，她的形象模糊地呈现在我疲惫的眼睛里。

一个乡村姑娘的模样，头发粗糙，盘成了银杏叶式。脸颊火红干裂，像被太阳炙烤过的红土地，令人焦躁不欢。一条浅黄色毛织围巾从脖子垂到膝盖，上面的油渍清晰可见。在膝盖上放着一只大包裹，用两只手紧紧抱住它。这双手红彤彤，满是冻疮，紧紧地攥着一张红色的硬席车票。

我心有不悦，这粗俗的小女孩，那肮脏的装扮，她是否知道这是软席，不是她应该来的软席吗？无奈，躁动，我只好点燃香烟，拿出报纸随意翻翻，努力将眼前这个人从脑里抹去。火车路过隧道，车内的电灯亮了起来，户外温暖的阳光也隐匿了。从横须贺到东京，这样的隧道数不胜数。

在我读的晚报上，充斥着社会上各种低俗丑陋的见闻：和谈问题、夫妻问题、贪污事件、伤亡报告……无趣。但因为无趣，总算可以抚慰我那郁郁寡欢的情绪。因为我的人生也那么无趣。火车跑过隧道，我忽然觉得，火车倒了过来，往相反的方向跑去。这只是一个麻木的错觉，报纸上那些无趣的社会见闻，仍旧像铁钉一样，冰冷地跑进我眼里。

可是，它们无法将小女孩的形象移开。卑微、低俗、污秽，这些形容词始终悬挂在我眼前，使我躲避不了。驶过隧道的火车，眼前这个庸俗的乡下姑娘，兜售着无聊平庸的消息商品的晚报，它们似乎无时不在提醒着我：在我眼前，展开着一幅多么低等、索然无味的神秘人生。没有意义，一切都是一样。我百无聊赖，抛开了手里的晚报，头倚在窗沿上，阖上我的眼睛，像一具尸体一样，跟着火车驶向晦暗的隧道。

时间沉闷地走着，我微闭的眼里像是有什么东西闪过，睁开来，审视四周昏暗的环境。眼前干裂的红皮肤变远了，她坐到了距离我一排远的位子处。很快，我就知道她为什么要移动位子了，她长满冻疮的手努力地摇动车窗，想要将它打开。可是，窗门很重，她无法如愿。脸颊发红，越发得像一片炙烤过的红土地；鼻涕流下，伴随着几声喘息声，被小女孩倒抽了回去。

眼前的情景倒也让我的心稍稍颤动下。我同情她，为何要徒劳无功。看着窗外逐渐昏暗下来，依稀可以看见枯草的山腰往车两旁挤压过来。这个场景在提醒我们，火车已经快驶进隧道了。

可是，小姑娘固执己见。她或许不知道隧道近在眼前，即使知道，她仍旧一味地摆动着车窗。我猜不透她的心思，也许只是种卑微的癖好吧。因此，像一个局外人一样，我冷漠地看着她涨红的肌肤，和那双拼命抵抗车窗的手，甚至不屑地盼望她永远打不开这扇窗。

伴随着一阵巨大的回音，火车驶进了隧道。与此同时，小姑娘如愿以偿，拉开了车窗。忽然，一股又臭又脏的空气从窗口灌了进入，就像夹带着铁路旁所有的煤烟灰，侵占了整个车厢。本就阴暗的车厢像堕入万丈深渊一般，在浓厚的烟雾里品尝着生命的空虚。我咳了起来。喉咙早有问题，来不及掩鼻，污秽的空气侵入鼻咽，我差点将心脏都咳了出来。

小姑娘丝毫没注意咳嗽的我，她的头在窗外晃荡，头发像幽灵一样，在风的吹拂下，飘荡着。她望着火车前头，从昏暗的隧道里企望着什么。

微弱的灯光透过烟雾，我看着她，但猜不透她的思想。火车驶过隧道，窗外的光线慢慢进入车厢，伴随着清新的泥土香味。我的喉咙像含了薄荷一样，冰凉，总算镇住了咳嗽。要不然，我真会奔到小姑娘身旁，愤怒地骂她，不容反驳地命令她关上车窗。

在阳光下，小姑娘似乎骚动起来。我顺着她的方向望去，两座荒山，遍布枯草，中间坐落着一个破落的小镇。火车驶过这个小镇的岔口，两边是一座座草房和瓦房，像一群矮子拥挤地向我跑来。仅存的信号旗在暮色里无力地摆动着。这或许是岔口管理工住的地方吧。

我还来不及猜测，就看到三个和小女孩长得相似的小男孩。他们个头矮小，脸颊同样通红干裂，简陋的服饰衬着凄清的背景，令人压抑。他们在追着火车跑，并且眼神望着我所在的车厢。望向小姑娘！他们挥着小手，咿咿呀呀地喊叫。我无法听懂。忽然间，几道黄色的影子闪过我眼帘，纷纷落在了三个小男孩的脚边。我回过神来。是小姑娘，她的半个身子都伸到了窗外，那双难看的小手挥动着，从包里拿出几颗颜色鲜艳的橘子，扔向小男孩们。

橘子落地，和我的心一样，一声巨响。原来，她努力地打开车窗，只为了在离开之前，让特意前来给自己送行的三个弟弟尝到这些甜美的橘子。或许，她正准备离开家乡，前往一个陌生的地方，当谁的女佣。

夜幕正在降临，小镇铁路的岔口笼罩在一片静谧的黄昏里，三个小男孩叽叽喳喳地跑跳着，还有那些如夕阳金黄的橘子。这一切转瞬即逝，但是无法忘怀，已然成为我脑里的一部分。我为之欣慰。此刻，当我重新审视这位小姑娘的时候，似乎她投胎换骨，成了另外一个完全不相关的人。小姑娘回到了原先的座位，干裂的脸颊依旧藏在浅黄色毛织围巾里，大包裹和那张红色的硬席车票，和之前一样，在她的手里紧紧地抓着。

这个时候，只有这个时候，疲倦感从我身上短暂地消失。还有那原本摆放在我面前的低等、索然无味的神秘人生，也随着隐遁了。

微点评

小姑娘的纯真洁净，如同她手中那一抹鲜艳暖暖的橘红色，驱走了旅行者心头的冷色调，为这阴郁的现实涂上了清新的色彩。

挚爱的朋友依妮

【加拿大】**西顿**

依妮也觉得他不同于别人，开始对他友善起来，很快他们就建立了友谊，约翰甚至敢尝试着摸猴子的头，它知道他出于好意，乖乖地接受他的抚摸。

饲养科科长约翰第一次见到猴子依妮的时候，它被关在新运来的笼子，那只笼子被结实地捆绑着，上面还钉着一块写有“危险”二字的木板。笼子里传来一阵阵哐当哐当的撞击声，约翰心想，这家伙果真够危险的。

凭着丰富的经验，约翰猜到了里面是一只凶悍的印度母猴子，这种猴子高大威猛，桀骜不驯，一旦惹恼了，便会发狂，非常危险。这只性情暴戾的猴子，看到围上来的饲养员们，开始大闹起来。一把抓住为它清扫笼子的笤帚，咔嚓一声咬断了，它把断木朝四周的人扔去，尖叫着，冲他们扑打。人们四散开来，没人敢靠近它。

专门负责照看猴子的饲养员叫杰克，他自大地认为能将这只危险的母猴子驯服。一天，杰克刚靠近笼子，眼镜就被猴子夺去了，还挨了它重重的一击，脸上顿时多了几道血印。杰克对它无计可施，只能气急败坏地上蹿下跳咒骂着。

人们被杰克狼狈不堪的样子逗得开怀大笑，约翰听到人群沸沸扬扬，察觉到了这里可能发生的事情，上前驱散了人群，冲他们说："动物也跟人一样拥有情感，初来乍到，这只猴子也会感到不适应。只要我们真诚地照料它，像朋友一样同它交流，它一定会乖乖安静下来的。"人们知道约翰对动物的喜爱，他有极大的耐心和爱心照看它们，与其成为朋友，即便是再凶猛的动物，在他面前都能服服帖帖。大家纷纷说，约翰一定能很快安抚住这只凶猴子。

接着，约翰像他自己所说的那样，转过身蹲在笼子边轻声细语地同母猴子说着话："新来的猴子姑娘，咱们做个朋友吧，我是约翰，能叫你依妮吗?"

被称作依妮的母猴子充满恐慌地盯着他，仍旧没有放松警惕，但是它停止了尖叫，慢慢走到笼子的角落里蹲下，调匀了呼吸休息着。约翰话音刚落，一阵风吹来将帽子刮起，他急忙抬手按下来，这个举动可刺激到了刚刚平静下来的依妮，它立即勃然大怒，尖叫起来。根据经验，约翰猜测这只猴子以前可能受过虐待，才导致一有风吹草动就紧张。他仔细查看了依妮的身体，果然伤痕累累。这只猴子是从它的家乡印度海运过来的，经过风浪颠簸受惊，难免大喊大闹，船工们可不会忍受它的刺耳噪音，常抽打教训它，这才导致了它一见到人抬手，就误认为要挨打。

“真是太可怜了，你一定受了不少苦。”约翰看着满身的伤疤说，“现在给你换个舒服的笼子吧。”饲养员们把装着依妮的又小又窄的笼子放到动物园的大铁笼子里，给它把小笼门打开。可猴子依妮没有像其他着急冲出束缚的动物那样走出来，仍旧蜷缩在狭小的空间里。

“它不会这么快就放下防备的，受了太多折磨，我们要温柔地对待它，时间久了就会信任我们。”约翰叮嘱着饲养员们。

直到傍晚，依妮才探头探脑地走出小笼子。约翰远远地看着它，它蹑手蹑脚走到大笼子的水池边，清洗了一下猴爪。依妮像人一样，时刻保持警惕，顶多到水槽里喝一点水，虽然已经饥肠辘辘，仍旧不敢吃笼子里香气四溢的食物，时而躲在角落里捉虱子，时而试探着戳一下笼子柱子，不一会儿又回到那个狭小的笼子里缩起来。

杰克第二天赶来，想要把依妮的小笼子拿出来清洗一下，他将一个带钩的木棍小心翼翼地伸进去钩住笼子，刚想拉动就被发现了，它冲上去撕咬着棍子，杰克一怒之下就打了它几棒子，依妮开始狂躁起来。杰克愤愤不平地去约翰那里抱怨依妮的种种劣迹，约翰听闻便和杰克一同赶到大笼子那里。

看到有人靠近，依妮更加激动起来，龇牙咧嘴地叫着，不停拍打着笼子，狂躁不安。约翰心知肚明，一定是杰克粗暴地打过它，于是他让杰克走开，自己过去试着安抚依妮的情绪："静一静依妮，我们都没有恶意，清洗小笼子也是为了你好啊。"依妮依旧怒视着他，喘着粗气在笼子另一边坐下来。

约翰见状，继续循循善诱地开导它，"我是你的朋友约翰，你还记得吧。我愿意帮你清理一下你的小笼子，绝不会伤害你，可以吗?"他边说边温柔地注视着猴子，看它情绪稍微缓和一点了，就尝试着把木棍伸进去钩小笼子。依妮觉得这个人看上去很和善，但还是扑了上去保卫笼子，约翰一看到它激动起来就停下手中的动作，轻声地安抚它，直到依妮允许他把笼子拿出来清理。

由于过去的经历使得它很敏感，约翰决定亲自照料它。在他的悉心看护下，依妮的身体慢慢恢复了，毛发闪闪发亮，变得活泼起来。约翰决定让它尽快适应动物园的环境，和游客见面，于是想尽办法将它搬运到了大栅栏那里。

依妮到了新环境里，又恢复了狂野的本性，经常和大栅栏里的其他猴子打得不可开交，那些一直生活在动物园里温驯的猴子见到它都闻风丧胆，吓得四处逃窜。依妮威风凛凛，连饲养员也不放在眼里，常常冲给它喂食的人嘶吼，甚至咬他们。

工作人员都认为依妮是个冥顽不化的野猴子，约翰却替依妮辩解说那是新环境的缘由，说它身上有一股无所畏惧的勇气，这样的猴子更有灵性。约翰的话不无道理，有一次，他亲眼看见一只偷吃依妮食物的小猴子被依妮抓住，惨烈的叫声使依妮心软，它悄悄松开了爪子，小猴子毫发无伤地逃走了。这不正是依妮善良的一面吗，约翰更加有信心将它驯服了。

约翰用了整整一个星期和依妮交谈，他在笼子外面用温和轻柔的语气和它对话，让它消除对人的防备和戒心。开始时，依妮并不领情，想用自己惯用的嘶吼吓走他，可是他并没有像其他饲养员那样咒骂着离开，而是继续和它说话。后来，依妮看自己的嘶吼徒劳无功，干脆放弃了。后来，约翰惊喜地发现，虽然给猴子们投食时，依妮仍旧张牙舞爪的恐吓其他猴子，但只是嘴上叫叫而已，没有伤害他们。

第二个星期时，依妮对约翰用长刷清洗笼子的行为已经不抗拒了，于是约翰想尝试着走进栅栏与它近距离接触。动物园长坚决不同意他这个冒险的举动，怕禀性难移的猴子爆发野性咬他。约翰坚持自己的意见，走进笼子开始清扫工作。依妮看到他进了栅栏，立即尖叫着跑了过来，似乎在威胁他。约翰不为所动，继续扫地，用以往的语气和它说话，耐心十足。依妮在旁边叫嚣却没有上前打他。

园长提醒约翰他的行为是在冒险，但约翰坚持每天进栅栏和依妮交流，喂给它美食，耐心照料它。依妮也觉得他不同于别人，开始对他友善起来，很快他们就建立了友谊，约翰甚至敢尝试着摸猴子的头。它知道他出于好意，乖乖地接受他的抚摸。

时间久了，依妮越来越喜欢约翰，一见到约翰便欢快地跑上前去，一天见不到他甚至都会焦急得跳来跳去。约翰一有时间就来陪着它，同它聊天，依妮变得顺从温柔起来。游客们都喜欢上了这只天真烂漫的猴子，约翰为它的改变感到无比高兴。

依妮也学会了一些逗游人开心的把戏，它很聪明，约翰教它用粉笔涂鸦写字、走钢丝。它会倒立和荡秋千，在栏杆上做腹部绕杠，游客们纷纷来看它的表演。它有时还友好地和客人互动，夺走他们的帽子戴到自己的头上，冲他们扮鬼脸，大家见状被逗得开怀大笑。有时还用涂满颜料的爪子在自己脸上画画，看着变白的鼻尖和花猫一样的脸，游客们不禁捧腹，使劲为它鼓掌，大家都聚集逗留在栅栏那里不愿离开。依妮最喜欢的还是女人和孩子，因为她们跟约翰一样温和可亲。约翰也经常来看依妮的滑稽表演，他感到欣慰。

饲养员们也开始喜欢依妮了，大家都说，依妮是最受欢迎的动物，连狮子老虎都没有它这么高的人气。

有一天，依妮像往常一样和游客嬉戏，夺走了其中的一顶帽子，放在指尖上转圈圈，又把帽子的花边撕下来，游人们拍手叫好，依妮更来劲了，翻起了跟头。可帽子的主人却气急败坏，他站在栅栏边，生气地伸出一根带刺的手杖，猛地捅进了依妮的肚子。依妮惨叫了一声，用两只前爪捂着伤口，艰难地朝角落走去。

游客们愤怒了，人群涌动起来。

听到喊声的约翰立刻跑了过来，游客们纷纷向他讲述了事情的经过，表达着愤怒和同情，人声鼎沸。这时，那个刺伤依妮的人趁机悄悄溜走了。

依妮狰狞着脸孔痛苦地叫着，饲养员们围上前去，依妮却把它们吼开了。约翰拨开人群走上前来，依妮见到他也愤怒着，眼睛里充满了野性和失望。约翰看到它冰冷的眼神，靠近它，温柔地安慰它，依妮在熟悉的声音里慢慢平静下来。约翰给伤口消了毒，敷上药缠上了纱布。那是一道很深的伤口，约翰很心疼，发誓一定要将肇事者绳之以法。

约翰的工作很忙，不能时时刻刻陪着依妮，只能一天去看望它两次。依妮想要见到他，忍着伤痛把纱布撕了下来。因为不让旁人靠近，约翰只能亲自一次又一次地来给它包扎伤口，但一看到他离开，依妮又会撕开药布。

伤口太深了，还开始肿胀发炎起来，约翰知道它的伤不能恢复了。依妮仿佛也知道自己时日不多了，安静地靠着笼子，注视着约翰每天必经之路，盼望着能见到他，约翰探望他时，它就会撒娇地抱住他的腿。

约翰向园长请示把依妮接到他办公室，园长没同意他的要求。他还是执意做了，把它放到自己身边的椅子上，为它盖上一条毛毯。能时刻有约翰的陪伴，依妮感到无比开心，欢快地叫着。约翰抽出一切时间陪伴它，甚至吃饭都在办公室里。

但是几天后，依妮还是奄奄一息了。约翰同它温柔地聊天，它也不能给出回应，只是躺在约翰为它准备的小吊床上，微弱地呼吸着，眼神毫无生机。约翰感到心酸，用一只手不停地抚摸着它，另一只手继续工作。依妮身体越来越差了，吃不进去饭了。有天夜里，约翰看它睡着了，站起身来想出去一下，依妮马上醒来，抓住他的手，痛苦地低吟着，颤抖着。约翰俯下身来问它。依妮没有出声，一动不动，它离开了人间。

约翰到动物墓地把依妮埋葬了，他找到一块木板为它做了一块墓碑，上面写着："这里埋着世上最可爱的猴子，我挚爱的朋友依妮。"当他把墓碑插进泥土里时发现，这正是当初依妮被运来时封笼子的那块木板，因为后面写着俩字："危险"。

微点评

起初的危险和暴戾，只不过是为了掩饰惶恐和脆弱，当心贴心地靠近，就会发现尖利的外表下，其实隐藏着一颗期待呵护的柔软的心。

惹祸

【加拿大】**蒙哥马利**

“哎哟，天啊。”
被子里忽然传出来一阵尖叫声，床上似乎有个人动了。

绿山墙农舍的安妮，是被农舍主人哥哥马修和妹妹玛琳领养的小女孩，她现在正急匆匆地向玛琳请求，去见一面住在对面洋房里的朋友戴安娜。

玛琳很爱这个天马行空的小女孩，但是她一向都很严厉，总拿出一副苛刻的家长做派来，担心自己会宠溺坏了安妮。

“不准出去，天已经黑了。”玛琳回答。

“但戴安娜找我有重要的事情。我们约好了用蜡烛和纸板在窗口传递信号的，她连续闪了五次蜡烛，那就是找我有急事的意思啊。”

“你们这种做法，不愁把家里烧个精光。”玛琳讥讽道，“去吧，不过必须在十分钟之内赶回来。”

过了十分钟，安妮果然回来了。

“是戴安娜要过生日的事。”安妮兴奋地冲玛琳说道，“她妈妈告诉我，明天放学后可以跟戴安娜一起回她家住，戴安娜的堂兄妹还邀请我一起参加明晚的俱乐部音乐会。我非常想去，玛琳，你能同意这事吧？”小女孩眼里写满了期待和忐忑。

玛琳仍旧板着冷冷的脸：“俱乐部办的音乐会无聊之极，也不是适合小孩子参加的场合，你还是老实在家待着吧。大晚上的还允许小孩在外面瞎晃，戴安娜的妈妈可真是太不负责任了。”

安妮听了这话，泪眼汪汪：“我从来没参加过音乐会，而且戴安娜的生日一年只有一次，玛琳，求求你了，让我去吧。听说牧师和合唱团都会去的，还会有优美的诗歌朗诵，非常有教育意义。而且，戴安娜的妈妈——巴里太太说让我睡在客房里，想一下，多光彩的事啊。”

“光彩这一次难道你就能永远高贵了吗？别太啰唆了，挑战我的耐性。现在快回你自己的床上睡觉去吧！”玛琳斩钉截铁。

安妮感到失望和悲伤，她知道这事没有妥协和商量的余地了，流着泪走上了楼梯。

“要不，还是让她去吧？玛琳。”一直在椅子上打瞌睡的马修也为安妮帮腔。

“马修，到底是你负责管教孩子还是我负责？”

“当然是你了，我只不过是提个建议，让她去长长见识也不错。”

“你一向都这么放纵她，出去到混乱嘈杂的音乐会，说不定就被传染上感冒呢。她这么兴奋，回来的时候一定会闹腾。我最多能同意她到戴安娜家过夜。”玛琳坚持自己的教育方式。不善言辞的马修仿佛自言自语：“可是安妮她想去啊。”玛琳听见了这话，默不作声。

思索了一晚上，第二天玛琳终于松口了，表示同意安妮去参加音乐会。

“真的吗？你真的同意了？”安妮激动地停下手中抹桌子的活，不敢相信似的再确认着。

“都是马修为你求的情，我不管你了！你爱怎么着就怎么着吧，就算你出去传染了风寒，在别人家睡觉冻醒了，这都不关我的事了。”玛琳最终还是屈服了。

“上帝，太好了。玛琳，感谢你。我这辈子都还没有听过音乐会啊，你知道吗？玛琳，每当同学们在那里热烈地讨论音乐会时，我什么都不懂，总是一言不发，那种感觉真是让人悲伤。只有马修能理解我的这种感受。”安妮太兴奋了。

在学校里，安妮和戴安娜激动地讨论着即将到来的各种活动，整整一天都没有心思再学习了。

这场音乐会是为了赞助当地的图书馆而召开的，本地的青年们为此都做了精心的准备，将自己要上台表演的节目反复排练过了。镇上的孩子也都因为自己的哥哥姐姐要表演节目，都要去看，大家对这次盛会充满了无限期待。

两个兴奋的小女孩回到戴安娜家里后，两人迫不及待地精心装扮起来。她们想方设法，找出最漂亮的蝴蝶结，扎着精致的发型，尝试着不同的造型。尤其是戴安娜，她穿着母亲买的新衣服，那是她的生日礼物，看上去可爱动人，像个洋娃娃。安妮虽然穿着质朴，但她的脸蛋因为高兴而红扑扑的。

“我看上去也像你那么漂亮吗，戴安娜？”安妮想象着自己跟身着华服的同伴一样美丽。

“是的，你看上去精神极了，比从前更加闪耀了！”

门口响起了雪橇的铃声，是堂兄堂姐来接她们去演唱会了。坐在雪橇上，女孩们的心情格外愉悦，两侧的雪景也分外迷人，她们银铃般的笑声，响彻了一路。

安妮在那晚见识到了激动人心的音乐会。春天一样美丽的诗歌，如梦如幻，安妮的思绪随着诗歌进入到了美丽的想象，那境界里，丝绒一样光滑蔚蓝的天空里，有着天鹅绒一样柔软的云朵，一切都那样让人沉醉。合唱队的歌声，更是将这个爱做梦的小女孩，带到了满是雏菊的原野上，仿佛能闻见悠悠的风中携卷着的阵阵鲜花的芬芳。接着的几个节目——普里西的朗诵《黑夜中的滑梯子》和萨姆对《苏加利的故事》讲解，都那样精彩绝伦，她一直热情地鼓着掌。除了安妮在学校的对头——吉尔伯特的朗诵，她不屑一顾之外，这场音乐会简直就是太完美了！

音乐会直到半夜才结束，她们回到戴安娜家的时候，两个女孩仍旧沉浸在刚才的喜悦中，并且为即将到来的两人同睡一张床铺的事情感到高兴。从冰冷的户外走进屋里，感觉暖和极了。

“对了，吉尔伯特在台上朗诵‘还需要一个人，但不是妹妹’时，还一直盯着你看呢。”

“不要说起这个令人讨厌的人了。除了他之外的一切表演，都太精彩了！真希望我们有一天也能上去表演啊！戴安娜，我们现在上床睡觉吧，看看谁先跳上床！”

两个小姑娘蹑手蹑脚地穿过客厅，然后从打开卧室房门，一齐跳上了床。

“哎哟，天啊。”

被子里忽然传出来一阵尖叫声，床上似乎有个人动了。

“那是谁?”安妮被这突如其来的叫声吓了一跳。

戴安娜捂着嘴偷偷笑着，“应该是约瑟芬祖母吧。是我爸爸的姑妈，一直在远方住的，听说这几天会来我们家做客，真没想到她今天就来了。听说她的脾气可不好，说不定明天还会发火呢，我们去别的屋里睡吧。”

第二天早饭的时候，戴安娜的妈妈巴里太太愉快地询问着昨天音乐会的情况，还说自己忘记告诉姑娘们约瑟芬祖母来了。

“你们没有把她吵醒吧?”

两个女孩隔着桌子会心一笑，没有提昨晚的事。

安妮回到家不久，好事的邻居林德太太就上门来状告安妮惹的祸了。

“是不是你出的野蛮主意，惹恼了巴里家的老约瑟芬？”林德太太用她一贯严肃的口吻质问着安妮。

“我不知道床上有人，才提议跳上床的。”

“都怪你，巴里太太现在很为难，因为老约瑟芬冲她发火了。这位有钱的老祖母，本来是要替戴安娜交昂贵的音乐课程费用的，现在可好，她正在气头上，说不管这事了，因为她可不想为一个没有教养的野蛮女孩付学费。”

“那不怪戴安娜，都是我不好。”安妮感到非常内疚，害自己的朋友就要失去一个学音乐的好机会了。

林德太太这位传统的女士，趁机展开了对安妮的说教：“对呀，你总是这样鲁莽，不经意间就会冲撞别人。在行动之前，你为什么就不能冷静地想好了再去实施呢？”

安妮从来不喜欢循规蹈矩，她觉得生活就是要充满了惊喜和未知才精彩，被安排好的步子走起来乏味无比：“你脑中蹦出一个好想法的时候，就要立刻去试试，这样生活才有意思啊，如果瞻前顾后，那会失去多少乐趣！”

“你在跳上客房的床的时候，就应该三思而后行。”

安妮再也待不住了，她立刻走出屋子，穿过空地去对面的戴安娜家。

找到戴安娜，安妮主动问是不是自己昨晚的行为已经惹了祸，戴安娜点了点头，但仍旧俏皮地说：“祖母是很生气啊，还说不会为我这样无礼的孩子付学费了。我对这些都无所谓，但是她叱责了我的父母，说我这样没有教养都是他们的过错，这让我感到愧疚。”

“这些都是我的错，你不应该对我隐瞒这些的，我这就去道歉。”安妮为自己带来的麻烦感到歉疚不已，她要勇于对自己犯下的过错负责任。

戴安娜深知老祖母的脾气，想阻止自己的朋友前去道歉，可是安妮坚持要主动认错，绝不牵连别人。

安妮胆战心惊地推开约瑟芬老祖母的房门。

“你是谁?”房间的壁炉旁坐着一位瘦瘦的老太太，她用眼睛打量着面前红头发的小女孩，严肃地提出了疑问。

安妮心中忐忑不安，此时她感到心跳加快，脸色也因为惶恐而变得苍白，但是她依旧没有退缩，坚定地走到老太太面前，回答道：

“我叫安妮。我住在前面的绿山墙农舍。我……我是向您来认错的。”

“怎么回事?”老太太对小女孩的话感到疑惑。

安妮深吸一口气，把昨晚的所作所为都原原本本地说了出来。

“对不起，这事都是我不好，我们是闹着玩的，并无意冒犯您，戴安娜是在我的提议下才有这样不礼貌的举动的，她平时是个乖巧有礼的好女孩，请不要迁怒于她。如果您还生气，就责罚我好了。”安娜为自己的朋友辩解着。

老太太眯着眼睛，饶有兴趣地听着安妮的这一番自白，她说：

“你们可不能玩得这样过火啊，我这一把老骨头，昨天一天颠簸劳顿，好不容躺下休息一会，却有人蹦到我身上来。”

安妮俏皮地说道：“您说得对，是我们把您惊吓到了。可是当初我并不知道您在那里，并且我事先被允许住进客房的，我这样的孤儿为能住进这样的豪华屋子感到光彩，谁料想没住成呢，真可惜，可您已经住惯了洋房，不觉得这有多珍贵。”

老祖母笑了，决定把这个有趣的伶牙俐齿的小姑娘留下来陪自己聊聊天。

“我很愿意跟您聊天，但是现在可不行，玛琳小姐还在绿山墙农舍等我呢，她好心收养了我，善良地尽力管教我，请您不要怪罪她教导无方，也希望您不要因为这件事生气离开这里。”

这位约瑟芬老祖母其实早就消了气，她说只要安妮能经常来陪她聊天，就继续留在这里。然后她果然按计划在这住了一个月，她说她很喜欢安妮这个有意思的小女孩。祖母原谅了戴安娜，戴安娜还得到了老人赠送的银手镯，她非常开心。而安妮呢，也和祖母成为了不打不相识的好朋友。安妮为得到了这样一个知心朋友感到开心。

“我还以为懂我的人只有马修，可是只要我们真诚沟通，世界上就不缺少这样心心相印的知己啊！”

微点评

世界上从来不缺少获得友谊的机会，只要勇于承担自己的责任，打开心扉，便能拉近心与心之间的距离，走进彼此。

离开前的微笑

【法国】**安东尼·圣艾修伯里**

我点着了烟，在火柴的余光里看见他冲我微笑了一下。

“能借个火吗?”我透过监狱冰冷的铁栏杆，尝试着问外面的那个警卫。

今夜，我满心恐慌，因为我畏惧死亡，而明天就是行刑的日子了。拿着我的全家福，照片上妻子和我可爱的孩子们微笑着，死亡就要将我们永久地分开了，我再也不能抚摸孩子们的脸蛋，也不能亲自看着他们长大了。泪水充盈了眼眶，这让我非常想抽一支烟，我哆哆嗦嗦地翻找着所有的口袋，找出了一根没有被警卫搜去的烟。我颤抖着双手将皱巴巴的烟卷送进嘴里，却发现没有火柴。

那个警卫转过身来，“能借个火吗？”我的声音战栗不停。他耸了一下肩膀表示同意，然后朝我走过来，划亮了一根火柴，我点着了烟，在火柴的余光里看见他冲我微笑了一下。我对这突如其来的微笑不知所措，别别扭扭地回应了他一个微笑。这个笑容把我们之间的距离拉近了，一股暖流穿越了两颗心之间的沟渠，他的脸上浮现出一个更持久的微笑，当初警卫眼神里特有的凶狠一扫而光。或许他并不想笑，只是我的微笑将他点燃。

一瞬间，他对于我而言，忽然不仅仅是一个警卫，更像是一个久别重逢的老友。他站在铁栏杆门口，没有走开，他看到我手里的全家福，微笑着问：“这是你的孩子？”我点点头。他也翻出了自己的全家福给我看，里面有两个和我孩子差不多大的女儿，他开始跟我说着自己的家庭规划，洋溢着幸福。听着他的话，我不禁泪水流满了面颊，“我的孩子们再也没有爸爸了，我不能陪着他们长大了。”

他沉默着，眼睛里闪着泪光。忽然他打开了牢门，把我放了出来。我们偷偷从一条小道上逃了出去。在分别的岔路口上，他头也不回地走了。

微点评

微笑是最后的告别式，像春风吹散郁积在心头的阴霾，温暖即将停止跳动的心。微笑是人间最美的解药，它能化解一切肮脏不堪的丑陋，不一定能挽救性命，但能带来希望。

魟鱼家族

【乌拉圭】**奥拉西奥·基罗加**

魟鱼不断地死去，又不断有河里其他地方的魟鱼加入战斗。老虎们暴跳如雷，却也是不肯离去，好像非要吃掉那个人不可。

亚韦比里河位于米西奥内斯，如果说它有什么特别之处，那大概就是河里有数不清的魟鱼。这种鱼尾巴上长着尖锐的刺，就像是钉子一样，扎上去特别痛，这让很多人和其他动物都对其充满畏惧。事实上，“亚韦比里”本身就是“魟鱼之河”的意思。

附近的居民常用一种粗暴的方法捕鱼，他们直接把炸弹丢到河里，一下子就能炸死很多鱼，不管是像一间房子那么大的鱼，还是一点用处也没有的小鱼，都会被炸死。最遭殃的就是魟鱼了，因为河里这种鱼实在是太多了。

直到有一天，有一个人对这种粗暴的捕鱼之法提出了抗议——他虽然知道人们需要靠捕鱼来维持生存，但并不认为有必要杀死那么多无辜且无用的小鱼。对于他的阻挠，同伴们非常生气，但他很严厉，最终还是制止了以炸弹捕鱼的行为。不久之后，其他居民都搬走了，只留下了他一个人生活在亚韦比里河边。

虽然一个人生活，但他一点也不寂寞，因为所有虹鱼都是他的伙伴，甚至河里其他的鱼儿也很喜欢他。每次他一到河边去，鱼儿就都游到岸边，陪他说话，它们都很感激这个人，是他救了它们。

但是有一天，他迟迟没有出现，一只狐狸却惊慌失措地跑了过来。狐狸站在河边大喊："虹鱼们，赶快出来，你们的朋友受伤了，他正在朝这边赶来。"

"发生了什么?"虹鱼听见呼喊，赶紧聚到岸边。

"他在路上遇到了老虎，他受伤了，正跑向这边，可能是想到对岸的岛上躲避。老虎正在追他呢!"狐狸说完，就钻进山里去了。

不一会儿，那个人就出现了河边，衣服都被撕破了，浑身血迹。因为受伤很重，他走路都摇摇晃晃的。一看到他过来，虹鱼们马上喊道："快过河!"一边喊着，它们一边主动分开，让出了一条路。他蹚着齐胸深的河水，到了中间的小岛上。

"哎呀，他晕倒了!"他一踩到岛屿上的沙滩，就晕了过去。虹鱼们短暂惊呼后，又聚到了岸边，因为它们要阻止老虎过河。

那只与他搏斗过的老虎也受伤了，它追到岸边，一见他已经过了河，就立刻跳到了河里。但是还没有游出一米，它就觉得脚下像踩着几十根钉子，它痛苦地号叫着，退回了岸上。

“不要挡着我的路！”老虎凶狠地怒吼道。

“决不允许你伤害我们的朋友！”几百只魟鱼一起回答道。

老虎吼道：“你们的朋友打伤了我！”

“那我们可不管！在山上得听你的，到了亚韦比里河，一切都得听我们的！”

老虎思索了一下，它知道魟鱼一般聚集在岸边，很少游到河中心去。于是它后退了几步，准备越过岸边的魟鱼屏障，跳到河中央去。

一见到老虎后退，魟鱼们就知道它要做什么了。它们互相呼唤着，很快就游到河中央，密密麻麻地排列起来。当老虎跳下来时，痛苦的号叫声比之前更大了。它再次退到岸上，这一次它再也无法忍受伤痛的折磨，躺在沙滩上，像是快要死过去了。

它的肚子一动一动的，这说明它已经中了魟鱼的毒。

魟鱼们并未放松太久，很快山上就传来了一声吼叫，那是一只母老虎的声音。母老虎一来到河边，看到沙滩上受伤的老虎，在看到小岛上那个昏迷的人，就狂躁起来。它也像受伤的老虎一样蛮横地想要冲过去，却被魟鱼阻拦下来。尽管母老虎怒吼着：“如果不让我过去，我就不让有一条魟鱼留下尾巴！”但魟鱼们还是拦下了它。

当母老虎沿着河岸往上游走去时，魟鱼们也明白了它的意图，它们赶紧请河里游泳最快的多拉多鱼去通知了上游的魟鱼伙伴们。幸好多拉多鱼游得很快，它们及时通知了上游的魟鱼，把已经下了水的母老虎再次拦截下来。

母老虎勃然大怒，但没有办法。它只好回到受伤的老虎躺着的地方。等它渐渐恢复了体力，两只老虎一起朝山上去了。

“它们一定不会善罢甘休的！”一只虹鱼说道。

其他虹鱼也纷纷议论着：“是的，它们一定是去搬更多救兵了。”

怎么办呢？虹鱼们很担心，虽然它们能阻挡两只老虎，但二十只、一百只老虎来了，它们又该怎么办呢！

“无论如何，我们一定要保护我们的朋友！就像他过去保护我们一样！”

“是的，我们要保护他！”

虹鱼游到小岛旁边，那个人已经醒过来了。它们七嘴八舌地把刚刚发生的事情告诉了他，然后担心地说：“我们的朋友，我们现在应该怎么做才能保护你呢？”

他感激地说：“谢谢你们刚刚一直在保护我。我不能连累你们，一旦来了更多的老虎，很多虹鱼都会搭上性命，我不希望这样的事情发生。过会儿你们就让老虎到岛上来吧……”

“不！绝对不会让它们通过！”虹鱼斩钉截铁地说。

“我的朋友！感谢你们！”他思索了一会儿，说道，“你们是否知道河里有一只小河豚，它可以到岸上去，它曾经去过我的家。如果它能去我家里把温彻斯特式连发枪和子弹带过来就好了！”他说道。

“太好了！我们知道它！我们马上就派游泳最快的多拉多鱼去通知它！”它们欢呼着，一只多拉多鱼已经飞快地游走了。

与此同时，一声仿佛要震得整条河随之颤抖的怒吼传了过来。受伤的人说道：“请大家小心！只怕整座山上的老虎都来了！”

“朋友们，快去让整条河里的魟鱼做好准备！让它们都到这个岛周围来！我们要保护我们的朋友！”一条魟鱼对旁边的多拉多鱼大声说道。

一支多拉多鱼通讯队迅速向着四面八方出发了。

当老虎们来到岸边时，河里几乎所有的魟鱼也来到了小岛周围。

“让我们过去！”老虎们喊着。

“不可能！”魟鱼回答。

一场厮杀在亚韦比里河上发生了。很多老虎被的脚被魟鱼扎得百孔千疮，但是更多的魟鱼被老虎抓伤。老虎的号叫，魟鱼的鲜血，让亚韦比里河成了一个可怕的地方。

那个受伤的人看着他的魟鱼朋友们不断死去，痛苦极了。但是他无法支撑起身子，甚至连大喊的力气都没有。

“你们快逃走吧，让老虎过来吧！”他对距离自己最近的魟鱼说道。

“我们绝对不会让它们通过亚韦比里河的！这可是魟鱼的河，而你是我们的朋友！”

魟鱼不断地死去，又不断有河里其他地方的魟鱼加入战斗。老虎们暴跳如雷，却也是不肯离去，好像非要吃掉那个人不可。

老虎们终于还是渐渐占据了上风，甚至有两只老虎忍着针扎的痛苦到了岸边。

千钧一发的时刻，小河豚回来了！为了不弄湿枪和子弹，它把它们顶在了头上，带到岛上。受伤的人也不由得发出了一声欢呼，本来之前他几乎已经没有力气了，现在，他却以闪电般的速度给连发枪上了子弹。

一声巨大的枪响，一只已经爬上沙滩的老虎的头被击穿了。

“太好啦！他拿到枪了！”虹鱼们也变得更加勇敢，向着老虎们发起了更猛烈的攻击。

“砰！砰！砰！”一声接一声的枪响，老虎一只接一只地倒了下去。很快，这个人就击毙了所有的老虎，虹鱼们围着沉到河里的老虎的尸体，美餐一顿。

自这件事之后，他和虹鱼成了更好的朋友，河里所有的鱼与他的关系也更加友好了。没过多久，因为与老虎的战斗而减少的虹鱼又渐渐多了起来。这条河，依旧是名副其实的虹鱼之河，由虹鱼守护着这条河的通道。

微点评

患难见真情，真正的朋友不把友谊挂在口上，他们并不为了友谊而互相要求点什么，而是彼此为对方做一切办得到的事，甚至付出性命。

后 记

本书在翻译整理成书时，得到了很多同行的大力支持和帮助，在此向他们表示诚挚的感谢：张亮、郭蕊、梁西宁、程游、杨雨、李思思、张然、崔雨薇、尤兴标、张丹、吕梦、曹汉振、李文杰、杨阳、袁森、张继霞、赵陕君、刘欢、李龙毅、宗雪、杨罡鉴、王宗磊、马艳红、刘卓群、于湘腕、李慧男、董思思、姚帅帅、马强、杨慧、李孟漪等。

我们真诚回报

亲爱的读者朋友，首先感谢您阅读我社图书，请您在阅读完本书后填写以下信息。我社将长期开展“读石油版书，获亲情馈赠”活动，凡是关注我社图书并认真填写读者信息反馈卡的朋友都有机会获得亲情馈赠，我们将定期从信息反馈卡中评选出有价值的意见和建议，并为填写这些信息的读者朋友免费赠送一本好书。

您的资料

您的姓名：__________性别：__________出生年月：__________电话：__________

文化程度：__________单位名称：____________________

通信地址：____________________邮编：__________

E-mail：__________ 特别提示新老读者：您的资料是我们与您取得联系、反馈信息最重要的途径，请务必填写工整。如果您的联络方式发生了变化，请再次填写此卡并及时邮寄或传真到我社。

您的意见《爱呀，一定要幸福：我们已经长大，笑着笑着就哭了》（1—1）

您填写本卡的时间是：　　年　　月　　日

是什么促使您决定购买本书的？如果是报纸或杂志的书评，请写明具体报刊名称：

○封面 ○书名 ○内容 ○版式 ○亲朋好友推荐 ○索引及目录

您在何处购买到本书（请写明具体书店的名称）：

○新华书店________ ○民营书店________ ○大型书城________ ○其他________

您希望通过什么渠道获得我社新书的消息：

○信函 ○传真 ○书店 ○网络 ○其他__________

您愿意成为我们的会员吗？○愿意 ○不愿意

您会推荐本书给您的亲朋好友吗？__________

您对本书的综合评价和建议：__________

您最喜欢的一本书是什么？__________

您最喜欢的作者是谁？__________

别忘了保持联系

联系地址：北京安定门外安华里二区一号楼　石油工业出版社　社会图书出版中心　艾嘉

邮编：100011　E-mail：freeflybb@126. com　网址：www. petropub. com. cn

1=11

购买本书，免费阅读10本电子书

“1+10=11”计划正式上线，您购买1本实体书，即可获赠10本免费电子书。电子书可通过提取码在中版书城中领取。

【中版书城】电子书提取码：65c94adddd766c0c

本提取码有效期：2014年1月1日至2014年12月31日

如何免费领取电子书

1.下载中版书城：

Android手机用户可以在各大应用市场搜索【中版书城】免费下载；

iPhone/iPad用户可以在App Store搜索【中版书城】免费下载。

2.进入书城使用提取码

Android手机用户可以在【中版书城】的“账户中心”界面，点击“图书提取码”进入提取码界面，输入提取码，然后在已购图书中进行阅读；

iPhone/iPad用户可以在【中版书城】的首页，点击“图书提取码”进入提取码界面，输入提取码，然后在已购图书中进行阅读。

如果您需咨询或获取更多阅读服务，请关注【中版书城】微信公共账号

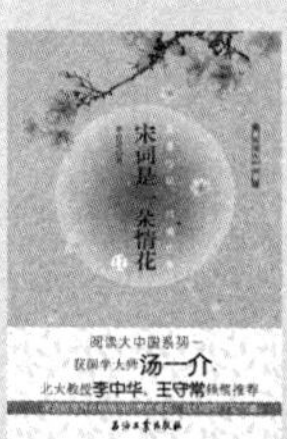